毕淑敏 著

心宁归处是幸福

Xinning Guichu shi Xingfu

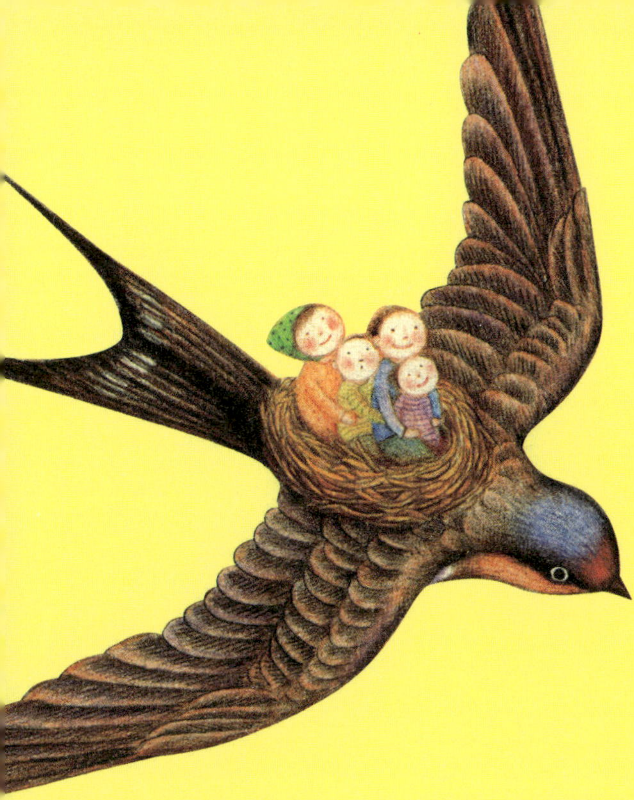

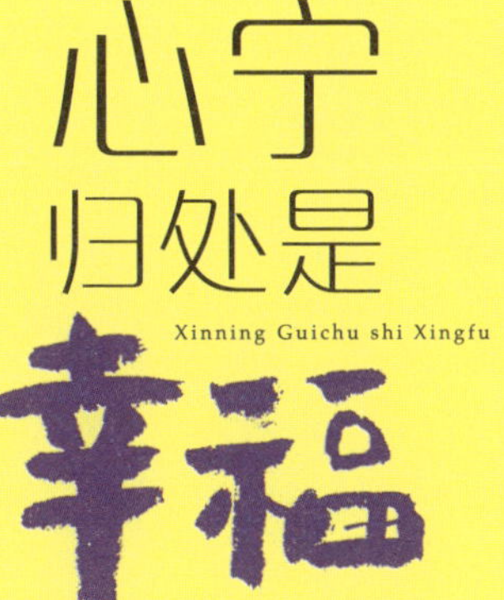

中国轻工业出版社 | 全国百佳图书出版单位

图书在版编目（CIP）数据

心宁归处是幸福 / 毕淑敏著；王润插画．—北京：中国轻工业出版社，2016.5

（女孩·女子·女人：毕淑敏女性三书）

ISBN 978-7-5184-0518-3

Ⅰ．①心… Ⅱ．①毕… ②王… Ⅲ．①散文集—中国—当代 Ⅳ．①I267

中国版本图书馆CIP数据核字(2015)第159776号

策划编辑：郭亚维　王巧丽

责任编辑：郭亚维

责任终审：张乃柬　　封面设计：奇文云海

版式设计：陈永龙　　责任校对：李　靖

责任监印：张京华

出版发行：中国轻工业出版社（北京东长安街6号，邮编：100740）

印　　刷：北京博海升彩色印刷有限公司

经　　销：各地新华书店

版　　次：2016年5月第1版第2次印刷

开　　本：720×1000　1/32　印张：7.5

字　　数：150千字

书　　号：ISBN 978-7-5184-0518-3　定价：42.00元

邮购电话：010-65241695　传真：65128352

发行电话：010-85119835　85119793　传真：85113293

网　　址：http://www.chlip.com.cn

Email:club@chlip.com.cn

如发现图书残缺请直接与我社邮购联系调换

160373S8C102ZBW

目录

关于女人和男人的吉光片羽

__Man and woman

不要因为爱，让自己变得面目全非

__Love and yourself

在芜杂的生活里，重塑心灵

__Life and soul

幸福不是彼岸，是一片海

__Happy is sea

悲伤时，请想妈妈

__Mother and miss

关于 | Man and woman |

女人和男人的吉光片羽

心宁度

心宁才能胜不骄败不馁一往无前，心宁才能在命运面前观察到更多细节，看到胜利的微光和危险的端倪。

这两天因为西藏阿里建起了中国第一座暗夜公园，我学会了一个新词——视宁度。

什么叫视宁度呢？就是当你在晴朗的夜晚举头仰望星空的时候，你视野中的稳定度。如果你觉得这还费解，那么请正宗的科学家们原谅我的无知和冒昧，我斗胆来个通俗化的理解就是——你看到的星星闪不闪？

天上的星星主要是恒星，它们之所以得“恒”之大名，是因为自己能恒定地发出光焰，而不是像月亮似的靠反射别人的亮光以自美。恒星们前赴后继汹涌澎湃地明亮着，它们不闹情绪、不罢工、不会失恋似的忽闪不停。但我们看到的恒星，很多时候的确会出现像姑娘受惊时的睫毛颤动般的乱象。这绝非恒星们的本来面貌，而是视宁度不良造成的结果。

简言之，视宁度就是表示空气宁静程度的参数，大气层的乱流湍动是造成视宁度不佳的根本原因。功率再强大的天文望远镜，如果脚下安身立命的天文台所在地视宁度不良，它们也就英雄无用武之地，观测到的星际成像分辨率会大打折扣，甚至完全不能工作。所以，世界上顶级的天文台，一定要建造在高山之巅，概因那里的视宁度较好，少受干扰，可以观测到更多的天体细节。

视宁度是天文观测非常重要的先决条件，没有好的视宁度，你就看不清这个宇宙。

由此，我想到了一个新词——心宁度。

人间纷繁喧嚷，就如同大气层的乱流湍动。你无法让大气层停止运动，那样的结果是天地死寂生命萎缩，但你又想要尽可能真切地了解这个世界，决定自己的应对攻伐。你还要真切地了解自己，这是更要麻烦的部分。星星不需要了解自己，它们本身是没有生命的自然之物。而每一个温暖且有行动能力的人，则是既要了解这个世界，也要了解自己。对于爱恋中的女子来说，你还必须了解你所爱之人的精髓。这需要由内向外安静观察的心宁度。

心安宁的首要条件，是对这个世界，放下不切实际的幻想。世界并不会因你的到来而敲锣打鼓呲出白牙粲然一笑。它大张着嘴，露出的很可能是一对想将你撕伤的犬齿。世界并不会因了你的美貌聪慧和天真可爱萌，就送你光鲜前程和温柔爱人。也许正因为它已经给与了你某些天赋，而预备了买一送一的苦难和各色考验作为包装纸。世界可说是一个吝啬的客栈，它为你铺设下的被褥绝不会让你高枕无忧，它为你摆好的餐桌上安放的是一个空碗且千疮百孔。你要自己学会安眠并寻找食物，还要提防着不被鼠窃狗偷。而在这一切之上，还有你的理想，你要踏踏实实地向着它挺进。

如果你打算寻找一个爱人，他或她就一定生龙活虎地在这个世界的某个犄角旮旯存在着。在这一点上，这个世界可谓通情达理且脾气不错。它仁慈地为你准备好的不是仅有的一个人，常常是一类人。但究竟哪一类人最适合你，它知道底细却狠心不告诉你，你这个当事人只有自己苦苦思索。你

想打探，可惜问谁都没用。问你爹妈不行，问你师长不行，问你的闺蜜更不成，她被自己的事儿折磨得五迷三道，给你出的主意基本不靠谱。你只有自力更生，用一颗安宁的心，明澈的眼，细细寻找隐匿的答案。注意哦，不是寻找那个人，而是先寻找那一类人的标准。有了标准，寻找就有了方向和底气。如果没有标准，就是误打误撞，瞎猫碰死耗子。撞到了是你的福气，撞不到是你的大概率。

心宁才能排除干扰，心宁才能知此知彼，心宁才能胜不骄败不馁一往无前，心宁才能在命运面前观察到更多细节，看到胜利的微光和危险的端倪。心宁才能在婚姻出现裂隙的时候，有勇气和耐心操刀持针修补它，心宁才能在生活露出支离破碎猥琐不堪一面的时候，固守底线沉着应对不绝望不放弃，逆风行进，就算匍匐在地也是低姿向前。

心宁是个宝。提高了我们的心宁度，才能不闪烁不遮蔽地直视前方。心宁，一生就系上了幸福的安全带。

直面你的心宁度——心理测试

如何从表象的行为发现自己内心最真实的状态？我不是故意碰触了你心灵的敏感处。

关于心宁度，我设计了一个小测验。它未曾经过任何严格的科学测试，是我自己琢磨出来的，仅供参考。您可别一听到测验就紧张起来，完成的方法挺简单，也没有对错之分。你只需按照提示，自己给自己打个分数即可。得分可分三档，一分或是 0 分，还有过渡分值。如果有点吃不准或是界限不清，就得 0.5 分好了。最后一步是把你的得分加起来。心记怕不准确，就随手找张纸用笔头记下来。记不清了也没关系，再做一遍就是。它们并没有绝对正确的答案，只是一种如实描述。

准备好了，咱们就开始。

1. 你是否几乎是每顿饭都要把自己吃了什么，拍下来发到朋友圈里？特别是到国外、出差时或是受到宴请时会如此？

如果是，你就得 0 分。如果不是，就得 1 分。如果有时你这样做，有时又不会，就得 0.5 分好了。

2. 你是否在手机出了故障，一时和大家失去联系的时候惶恐不安？生怕人家找不到你（怕老板除外），怕自己错过了重大的消息，心中惴惴。

如果是，得 0 分。如果不是，得 1 分。如果介于两者之间，就酌情打个零点几的分数吧。

3. 你是否能全然接受自己的出身和家庭阶层？对父母并无怨怼之情？

这一条可能会令你一时难以回答。好在答案你可以不给任何人看，只要对自己坦诚就是。如果是，得一分。如果不是，得 0 分。当然如果你的答案是 1 分，愿意告诉父母或别人，当然也可以。如果是 0 分，我劝你千万不要说。但依我的经验，如果你是 0 分状态，刻薄的话你早已说过了。即使你未曾说出口，在心中也充满忧愤地重复过无数次了。这道题目，就不设 0 星的分值了。不给大家留似是而非的余地，是就是是，不是就是不是（有点像绕口令，对不起，请原谅。好在意思大家都明白）。

4. 你是否在超市排队结账或是驾车通过收费站时，会紧张地判断哪一队会速度较快？推着购物车东跑西颠或驾车拐来拐去？如果万一自己站的这一队出了故障，变得比较慢时而后悔甚至焦躁不安吗？

这道题比较轻松，你只要如实填写就是了。如果是，对不起，就是 0 分。如果不是，就得 1 分。若时而这样时而不这样，那就依自己的频率，打出 0.1~0.9 的不同分值好了。

5. 你是否独自一人吃饭、候车、候机或坐地铁、塞车等红灯、等人时，会忍不住看电视听广播或是不停看手机，总之，就是不能自己一个人安安静静地独处？

如果是，请打 0 分。如果不是，请打 1 分。如果并不绝对，那么请按照上一题的方法，打出 0.1~0.9 的不同分数吧。

6. 你是否会忽视春夏秋冬的季节变化？只有到天气特别热或特别冷的时候，实在无法忍受了，忙着换衣服时，才突然醒悟到季节更迭时光飞逝？

这道题比较适用于北方中原地区，东北也大致适用。南方四季变化不很明显的区域，可略作修改，改成：草木之变、花开花落你可曾注意到？不要只是在气温影响自己的身体时，才感知大自然起承转合的流变。如果是，就是 0 分。如果不是，就得 1 分。容许 0.1~0.9 分之间的变动。

7. 你有多长时间没有和父母促膝谈心？如果超过一个月，就得不到这一整分了。我所说的谈心，是触及内心深处的交流，而不是简单的逢年过节过生日时的小礼物，或嘘寒问暖地说些千篇一律的客套话。它不是仪式上的交流，而是心与心的对接。如果是半年内有过内心交流，可得 0.3 分，如果超过了 6 个月，就没有分可得了。

8. 每天晚上，你能在 15 分钟之内就安然入睡吗？基本上不做骇人听闻的噩梦？不重复出现某一令人焦灼的场景和人物？ 一觉醒来，充满了期待和力量。

如是，得 1 分。如不是，得 0 分。这道题，没有中间的过渡分。

9. 你有多长时间没有向着一朵花一棵小草一株树凝视并微笑？

如果超过了一个月，得不到这 1 分。

这道题看起来很简单，甚至有点杯水兴波。但我坚持写入测验，让曾经有过这种体验的人，拿到 1 分。并不设中间过渡分。我坚持认为，养成向一朵花致敬习惯的人，会一直这样做，无需理由，自在快乐。而没有这种欣赏眼光的人，基本上是无趣干瘪的人生。

和别的题目稍有不同，偶尔出现的凝视，不算数。

10. 你在多长时间内，曾抬头仰望心空，心中感慨宇宙和生命这类看起来虚无缥缈的命题？中秋节元宵节请别计算在内。看月亮时捎带看到星星的，也不算。浩渺无涯的天际，是值得我们久久瞩目的。尽管由于雾霾，在城市中能够看到星空的日子很稀罕，但你是否还在坚持这种尝试？如果在超过一个月的夜晚，你不曾仰起头来眺望苍穹，原因可以举出很多，比如没时间没机会没场地没想到……不管出自何种解释，原因看起来是多么合情合理无懈可击，但很抱歉，这 1 分就不能给了。此题，也不设中间过渡分。

好了，现在，你已经大体得出了自己的分数。是多少呢？

你可以不告诉我，不告诉你的亲人，但请你告诉自己，你对这个分数到底满意不满意呢？我个人认为，得分高，心宁度就好。反之则差。

当心宁度较高的时候，我们观察这个世界与认识我们自己，就比较清晰，所做的决定就比较可观可行，内心世界就比较安稳恒定……

祝福你得个好分数！

男人和女人的区别

男人和女人无所谓高下、长短、优劣，造物主创造万物是为了让人互补、地久天长，而不是相互比较、厮杀。

做医生的时候，常常接生。男婴和女婴的区别，就在那小小的方寸之间。后来，男孩和女孩长大了，一个头发长，一个头发短。一个穿裙衫，一个穿短裤。这是他人强加给男人和女人最初的区别。他们其实还在混沌之中。后来曲线们出来了，肌肉们出来了。这些名叫第二性征的桨，把男人和女人的涟漪划出互不相干的圆环。

遇到过一个女病人，因为重病，需要持续地应用雄激素。那是一种黏稠的胶水样物质，往针管里抽的时候非常困难，好像是黄油。那药瓶极小，比葵花籽大不了多少。每个星期打两针，量也不算大。药针就这样一管管打下去，不知从哪一天开始，以前那个清秀的女孩，像蝉蜕悄然陨落。一个音色粗哑、须发苍黑、骨骼阔达、满脸粉刺的鲁莽汉子蹒跚地出现在我们面前，以至于同屋的一个女病人嗫嚅地对我说，她还算女人吗？我想换到别的屋。

男人也有用雌激素的，比如国际驰名的人妖。任凭你有再好的眼力，也看不出他们与天然的女人有何区别。

我端详着装有雌雄两种激素的小瓶，在医学里它们被庄严地称为“安瓿”——英文“Ampoule”的音译。意思是密封的小注射剂瓶。两种激素的作用虽有天壤之别，但外观是那样的相似，像新鲜松香黏而透明。敲开安瓿瓶闻一闻，也没有什么特殊的气味。

但男人和女人的巨大差别就蕴藏在这柔润的液体里。这魔幻的药水里，有尖锐的喉结、细腻的肌肤、温婉的脾性和烈火般的品格。它使所有男人和女人的神秘，都简化成一个枯燥的分子式。它是上帝之手，可以任意制造美女和伟男。它是点石成金的造化，把人类多少年的雕琢浓缩到短暂的瞬间。

人关于自身最玄妙的谜语，被这淡黄色的油滴践踏。所有男人和女人各自引以为豪的差别，只不过是两个小小的安瓿而已。

假如你把玻璃药瓶上的字迹擦掉，你就分不清它到底是哪一种激素。两个一模一样的安瓿，这就是男人和女人的全部区别。

我们沉默，我们黯然。科学就是这样清脆地击落了神话和谎言，逼迫人们面对赤裸裸的真实。

男人和女人的区别究竟在哪里？

他们犹如南极和北极，蒙着一样的冰雪，裹着一样的严寒，但它们南辕北辙，永不重叠。

我们寻找，男人和女人的区别。

那区别不在生理而在心理，不在外表而在内心。人类文明进程的天空愈晴朗，太阳和月亮的个性愈分明。

男人和女人都做事业。男人是为了改造这个世界，女人是为了向世界证明自己。

男人为了事业，可以抛却生命和爱情。他们几乎从一开始的时候就下了必死的决心，愿意用一生去殉事业。男人崇尚死，以为死是最壮丽的序言和跋。因而男人是悲壮的动物。

女人为了事业，力求生命与爱情两全。她们在两座陡壁中艰难地攀登，眼睛始终注视着狭隘的蓝天。她们总相信在生命的最后一分钟会出现奇迹，她们崇尚生。在她们的潜意识里，自己曾经制造过生命，还有什么制造不出来的呢？女人是希望的动物。

男人的感情像一只红透了的苹果，可以分割成许多等份，每一份都香甜可口。当然被虫子蛀过的地方除外。

女人的感情像一洼积聚缓慢的冷泉，汲走一捧就少一捧，没有办法叫它加速流淌。假如你伤了那泉眼，泉水会在瞬间干涸。所以女人有时候会显得莫名其妙。

男人的内心像一颗核桃。外表是那样紧硬，一旦砸烂了壳，里面有纵横曲折的闪回，细腻得超乎想象。

女人的内心像一颗话梅。细细地品，有那么复杂的滋味。咬开核，里面藏着一个五味俱全的仁。

男人的胸怀大，所以他们有时粗心。女人的心眼小，所以她们会斤斤计较。

男人的脚力好，所以他们习惯远行。女人的眼力好，所以她们爱停下来欣赏风景。

男人和女人都要孩子。男人是为了找到一个酷肖自己的人，自己没做完的事还等着他去做呢。女人是为了制造一个崭新的人，作一番自己意想不到的事。

男人和女人都吃饭。男人吃饭是为了更有力气，所以他们总是狼吞虎咽。女人吃饭是因为必须要吃，所以她们总是心不在焉。

男人和女人都穿衣。男人穿衣是为了实用，所以他们冬着皮毛夏套短裤，只管自己惬意。女人穿衣是为了魅力，所以她们腊月穿裙子、三伏披有帽子的风衣，很在乎别人的评议。

男人遇到伤心事的时候，把眼泪咽到肚里，所以他们的血液就越来越咸，心像礁石，虽然有孔，但是很硬。女人遇到伤心事的时候，就把眼泪洒在地上，所以她们的血液就越来越淡，像矿泉水一样，比较甜，比较晶莹。

男人爱把自己的忧郁藏起来，觉得忧郁是一件丢脸的事情。女人爱把忧郁涂在自己的脸上，好像那是一种名贵的粉底霜。

男人把屈辱痛苦愤怒都化为力量。他们好像一只热火朝天的炉子，无论什么东西抛进去，都能成燃料，呼呼地烧起来。

水哗哗地开了，喧嚣的蒸汽推着男人向前走。

女人将所有的苦难都凝聚为仇恨。无论伤害的小路从哪里开始，都将到达复仇的城堡。然而女性的报复是一把双刃的剪刀，它在刺伤仇人的同时刺伤女人，甚至它刺伤主人在先。然而女人正是见到仇人的血与自己的血流在一起，她才心安，才感到复仇的真实。假如自己毫发无损，即使对方血流成河，她们也觉得不可靠、不踏实。她们有一种同归于尽的渴望。

男人在欢庆胜利的时候，马上考虑把战果像面包似的发起来。胜利像毒品一样，刺激他们更大的欲望。女人在欢庆胜利的时候，想的是赶快把战果放到冰箱里保存起来。胜利像电扇，吹得她们更清醒。于是男人多常胜将军，也多一败涂地的草寇；女人多稳练的干家，却乏恢宏的大手笔。

男人会喜欢很多的女人，在他一生的任何时候。女人会怀念一个唯一的男人，在她行将离开这个世界的瞬间。

男人和女人的区别太多太多。它们像骨髓，流动在最坚硬的地方。当我们说某某像个女人的时候，我们已使女人抽象。当我们说某某像个男人的时候，我们指的其实是一种类型。剔掉了世俗的褒贬之意，原野上剩下了孤零零的两棵树。两棵树都很苍老，年轮同文明一般故旧。它们枝叶繁茂，上面筑满鸟巢。

它们会走到一处吗？

无所谓高下，无所谓长短，无所谓优劣，无所谓输赢。各自沐着风雨，在电闪雷鸣的时候，打个招呼。

男人和女人的区别，地久天长。

关于爱的奇谈怪论

爱情到底是什么？你的观念就是你的命运。你的爱情观，就是你所能得到的爱情。

爱是人们常常谈论的话题，因为在空气、水分、食物和安全之后，就是我们的爱了。比如安全这问题，表面上看来是对环境的要求，其实是一种爱的深化，我们只有在爱中，才感觉自己是有价值，是值得爱护保护珍惜和发展的。一个丧失了安全感的人，是无法从容爱自己和爱世界的。比如人际关系，更是爱的浓缩和放大。难以设想，一个不爱他人的人，会有广泛的朋友和良好的社会关系。当然，他的身旁可能会聚集着一些人，但那不是心灵的需要，只是利益的驱使。谈到自我实现，更是爱的高级阶段。因为你的爱，超越了一己的范畴，才扩展到更广阔的人和事物。在这种升腾与弥散的过程中，爱变成一种柔和的光芒，从一个核心的晶体稳定地散发着，把温暖和明亮，播扬到远方。

但是，当人们议论起爱的时候，却有着许多混淆和迷乱的地方。爱成了一个花脸，大家都随心所欲地涂抹着它的面孔，把自制的油彩敷在它的嘴角和眉梢。爱于是变得面目诡谲和莫测起来。有几个流传很广的说法，我想提出讨论。

其一：爱和年龄有关。

这是人们通常不付诸书面，但却彼此心照不宣的概念。具体意思是——只有年轻人才享有充沛富饶的爱意，它的浓度随着年龄的增长而逐步递减，从高耸的爱的山峰萎缩至贫瘠的爱的荒原。由于这一假设的存在，年轻人因此而沾沾自喜，觉得自己仿佛享有一个爱的太平洋，可以不加计算地挥霍爱意。上了年龄的人则很气馁，当谈到爱的时候，很有一些旁顾左右而言他的窘迫。爱的门扉已经像一家到了下班时间的商场，缓缓关闭。店员们带着疲惫的笑容在重复着“谢谢光临”，你也花光了所有的积蓄，即使别人不翻白眼，自己也无颜再耽搁，只有缩起脖子夹着尾巴却步抽身，才是明智之举。

有一种影响约定俗成——那就是爱似乎是年轻人的专利，或者只有他们才有深入探讨的必要。当人们说到中年或老年人的爱意时，会扭扭捏捏地觉得那是一种爱的残次品，不那么正宗，不那么地道。比如在形容他们这些人的爱情的时候，基本不会用“火热”这个词，而只以“温馨”替代。毋庸置疑，温馨比火热的温度，要差着好几个数量级呢。

在人们约定俗成的看法中，爱是有年龄限制的。它大量地存在于生命旺盛的青少年期，而较少地分泌于生命渐趋平稳和衰落的成熟期和晚期。

这岂止是谬误的，首先是奇怪的。它把爱这种密切属于人类的高等和神圣的感情，简化到相当于睾丸素、黄体酮之类内在的激素分泌物和诸如皱纹和胡须这种简单的外在指标了。

这必然首先牵涉到——爱是一种生理现象，还是一种精神现象？

持年轻人拥有最多的爱意的看法的人，其实是把爱定位在激素特别是性激素的产量上了。如果这样来看，年轻人是一定会把老年人打败的。但不幸或者是有幸的是，爱是一种精神的状态，是一种需要不断修炼和提高的艺术，是一种积累经验审视自我的完善过程。因此，爱是和年龄无关的。

证据就是，爱可以在年轻人那里发生，也可以在老年人那里发生。从有人类以来的无数故事和历史可以证明，爱不是年龄的产品，它是心灵的能力。

其二：爱和对象有关。

中国有一句俗语，现在被人用得越来越多了，那就是——遇人不淑。原来是女人专用的，如今也常常听到被抛弃和耍弄的男人长吁短叹此词。爱错了人的惨剧，古往今来，总是屡屡发生。人们在唏嘘之余，总是悲叹那薄命女子痴情汉，怎么不把眼睛拭亮，偏偏遇到了不该爱不能爱的人，糊里糊涂地就爱上了，且爱得水深火热？！

于是顺理成章地归纳出：在此情此景中，爱是没有过错的，错的是那爱的对象，不能承接爱，不能感悟爱，不配得到爱……总之一句话——所爱非人。不是有一首很有名的歌吗，叫作“爱上了一个不该爱的人”……

这就很有一点讨论的必要了。

爱在这种悲剧中，似乎是孤立的一盆水，可以从楼台上闭着眼睛，泼到任何一个人的头上，凭的是冥冥之中的概率，和那个施爱者是没有关系的。甚至有一种可怕的论调，爱是盲目的，爱是碰运气，爱是不可知不可测定的，爱是没有规律的……

爱在这里蒙上了宿命和诡谲的色彩，被妖魔化了之后，躲在命运的山洞里，伺机以画皮的模样谋害我们。

这样以少数人的愚蠢所导致的失利，来嫁祸于爱的清白之躯，是不公平和不正派的。

爱是一个正常心智的明媚选择，它积聚了一个人的精神能量和所有的素养智慧，是综合力量的体现。它首先表现在施爱者是有力量和有眼光的。如果你根本没有爱的能力，好比压根就不会游泳，你误入爱的海洋，你被淹得两眼翻白，甚至有生命危险，但这不是海洋的水的过错，这是因为你对自己的技艺的判断失误。这是你的责任，怎么能迁怒于一望无际波澜壮阔的大海呢？人们对于自然界是如此的宽宏大量和易于理解，为什么就对与我们休戚与共的爱，如此苛求相逼呢？这后面是否掩藏着我们人类对自己的宽纵和对无言情感的肆意欺凌呢？

你爱错了，责任在你。不但说明你的眼睛不亮，视力散光，聚焦不准，而且说明你根本就不懂得什么是爱，灾祸发生之后，搞清楚责任，是一件很痛苦和扫兴的事情，特别是在枝蔓生长到一败涂地的时候，挖掘出最初那悲惨的种子，原来竟是自己亲手播种，当灾异显出狞恶之相时，自己非但没有亡羊补牢斩草除根，反倒以血饲虎、姑息养奸，以致贻害无穷……需要极大的勇气和力量审判自己。

甚至可以武断地说，由于这类悲剧事件的主人公，原本就对爱的理解，颇多肤浅偏颇，当他们气定神闲的时候，你都不能指望他们的明智与清醒。在危机倒海翻江而来的时候，期待他们能有很好的自省力度，几近奢望。同时，我也深信，不幸的现场，如果妥加发掘，是虽然付出高昂学费，便也会物有所值的宝贵课堂。有时，幸福这个老师，和颜悦色地教授给你的学问，绝对逊色于灾难和声色俱厉的鞭挞。可惜的是，浑身伤痕的爱的败阵者，怨天尤人地呓语着，骂遍了天下人，单单饶过了自己。所以，我很想煞风景地提醒一下善良的人们，对在爱的战役中的败将，如果他或她没有对自身的反思和批判，如果在交了一笔昂贵的爱的学费之后，学会的只是指责怨恨，那么，无论他或她显出多么楚楚可怜的模样，你可以帮助以金钱，却勿倾泻情感。他们不懂真爱，还需努力学习。

搞清爱的最主要方面，不是在于爱的对象，而在于爱的主体，是沉冷峻严的判断。当你在人世间承受着种种知识的积累的时刻，你还需不断地历练对于爱的思索和实践。你要善于总结经验。如果不把主要的光圈聚焦在自己的爱的基准上，只是在大千世界的林林总总中发泄怨气、推卸责任，你就不但受到了来自他们的情感重创，而且还丢失了以后避开类似伤害的亡羊补牢的篱笆。

有很多人以为，只要成功地找到了一个可爱的人，爱就如霍乱病菌一般，自动地以几何数量级地滋生起来，剩下的事，就是不断地收获爱的果实了。爱主要是一个寻找的过程。找对

了，就一好百好，找错了，就一了百了。爱是一件虎头蛇尾的事，成败仅仅维系在开端部分。

于是，找到那爱的对象就成了千钧一发生死未卜的事件。此事一完成，就马放南山，刀枪入库，只剩等着岁月这个发牌员，验证我们当初押下的签了。

爱是一时一事，还是一生一世？

爱是一锤定音，还是守护白头？

爱是一失足成千古恨，还是勤勉呵护日积月累？

爱是变数，还是常数？

爱是概率，还是守恒？

你的爱情等待你的看法。你的爱情验证你的看法。你能够有什么样的爱情观，你就有什么样的爱情。你的观念就是你的命运。

原谅我说得这般决绝，甚至带有一点霸道。因为它实在太简单了。引发悲惨结局的肇事者，常常不是对复杂事物的判断，而是对常识的藐视和忽略。

爱怕什么

爱有时让人变得勇敢、伟大，能付出一切，有时却脆弱得容不下一点瑕疵。请小心轻放你的爱情。

爱挺娇气挺笨挺糊涂的，有很多怕的东西。

爱怕撒谎。当我们不爱的时候，假装爱，是一件痛苦而倒霉的事情。假如别人识破，我们就成了虚伪的坏蛋。你骗了别人的钱，可以退赔，你骗了别人的爱，就成了无赦的罪人。假如别人不曾识破，那就更惨。除非你已良心丧尽，否则便要承诺爱的假象，那心灵深处的绞杀，永无宁日。

爱怕沉默。太多的人，以为爱到深处是无言。其实，爱是很难描述的一种情感，需要详尽的表达和传递。爱需要行动，但爱绝不仅仅是行动，或者说语言和温情的流露，也是行动不可或缺的部分。我曾经和朋友们做过一个测验，让一个人心中充满一种独特的感觉，然后用表情和手势做出来，让其他不知底细的人猜测他的内心活动。出谜和解谜的人都欣然答应，自以为百无一失。结果，能正确解码的人少得可怜。当你自觉满脸爱意的时候，他人误读的结论千奇百怪。比如认为那是——矜持、发呆、忧郁……

一位妈妈，胸有成竹地低下头，做出一个表情。我和另一位女士愣愣地看着她，相互对视了一下，异口同声地说：你要自杀！她愤怒地瞪着我们说，岂有此理！你们怎么那么笨？！我此刻心头正充盈温情！愚笨的我俩挺惭愧的，但没等我们道歉的话出口，那妈妈恍然大悟道：原来是这样！怪不得我每次这样看着儿子的时候，他会不安地说：妈妈，我又做错了什么？你又在发什么愁？

爱是那样的需要表达，就像耗能太快的电器，每日都得充电。重复而新鲜地描述爱意吧，它是一种勇敢和智慧的艺术。

爱怕犹豫。爱是羞怯和机灵的，一不留神它就吃了鱼饵闪去。爱的起初往往是柔弱无骨的碰撞和翩若惊鸿的引力。在爱的极早期，就敏锐地识别自己的真爱，是一种能力，更是一种果敢。爱一桩事业，就奋不顾身地投入。爱一个人，就斩钉截铁地追求。爱一个民族，就挫骨扬灰地献身。爱一桩事业，就呕心沥血。爱一种信仰，就至死不悔。

爱怕模棱两可。要么爱这一个，要么爱那一个，遵循一种"全或无"的铁则。爱，就铺天盖地，不遗下一个角落，不爱，就抽刀断水，金盆洗手。迟疑延宕是对他人和自己的不负责任。

爱怕沙上建塔。那样的爱，无论多么玲珑剔透，潮起潮落，遗下的只是无珠的蚌壳和断根的水草。

爱怕无源之水。沙漠里的河啊，即便不是海市蜃楼，波光粼粼又能坚持几天？当沙暴袭来的时候，最先干涸的正是泪水积聚的咸水湖。

爱怕假冒伪劣。真的爱也许不那么外表光滑，色彩艳丽，没有精致的包装，没有夸口的广告，但是它有内在的质量保证。真爱并非不会发生短路与损伤，但是它有保修单，那是两颗心的承诺，写在天地间。

爱是一个有机整体，怕分割。好似钢化玻璃，据说坦克轧上也不会碎，可惜它的弱点是宁折不弯，脆不可裁。一旦破碎，就会裂成无数蚕豆大的渣滓，流淌一地，闪着凄楚的冷光，再也无法复原。

爱的脚力不健，怕远。距离会漂淡彼此相思的颜色，假如有可能，就靠得近一点，再近一点，直到水乳交融亲密无间。万万不要人为地以分离考验它的强度，那你也许后悔莫及。尽量地创造并肩携手天人合一的时光。

爱像仙人掌类的花朵，怕转瞬即逝，爱可以不朝朝暮暮，爱可以不卿卿我我，但爱要铁杵磨成针，恒远久长。

爱怕平分秋色，在爱的钢丝上不能学高空王子，不宜做危险动作。即使你摇摇晃晃，一时不会跌落，也是偶然性在救你，任何一阵旋风，都可能使你飘然坠毁。最明智最保险的是赶快从高空回到平地，在泥土上留下深深脚印。

爱怕刻意求工。爱可以披头散发，爱可以荆钗布裙，爱可以粗茶淡饭，爱可以餐风宿露。只要一腔真情，爱就有了依傍。

爱的时候，眼珠近视散光，只爱看江山如画。耳是聋的，只爱听莺歌燕语。爱让人片面，爱让人轻信。爱让人智商下降，爱让人一厢情愿。爱最怕的，是腐败。爱需要天天注入激情的活力，但又如深潭，波澜不惊。

说了爱的这许多毛病，爱岂不一无是处？

爱是世上最坚固的记忆金属，高温下不融化，冰冻不脆裂。造一艘爱的航天飞机，你就可以驾驶着它，遨游九天。

爱是比天空和海洋更博大的宇宙，在那个独特的穹隆中，有着亿万颗爱的星斗，闪烁光芒。一粒小行星划下，就是爱的雨丝，缀起满天清光。

爱是神奇的化学试剂，能让苦难变得香甜，能让一分钟驻成永远，能让平凡的容颜貌若天仙，能让喃喃细语压过雷鸣电闪。

爱是孕育万物的草原。在这里，能生长出能力、勇气、智慧、才干、友谊、关怀……所有人间的美德和属于大自然的美丽天分，爱都会赠予你。

在生和死之间，是独特的人生旅程。保有一份真爱，就是照耀人生得以温暖的灯。

性感的进化

男男女女迷恋的到底是对方哪一个性感点？丰乳肥臀白颈红唇，还是温柔贤惠内心丰盈？性格财富，还是事业学识内涵？

女友是经济学家，一天拉拉杂杂地聊天，不知怎的扯到性感上来了。她问，依你看，在表述对异性性感方面的要求上，男人和女人谁更赤裸裸？

我一时没听明白，说从哪些方面看呢？

女友说，就从征婚广告上看吧。这是现代人对性感要求的最好标本。

我说，那可能是男性。你没看到满世界花红柳绿的刊物封面，都是美女当家，基本是为了满足男性的审美欲望。

女友说，错了。我看女性在要求男性性感方面，一点也不含蓄。比如征婚广告，女性全都很明确地标出要求男性的身高。身高这个东西，就是性感标志。在畜牧和农耕社会之时，包括前工业社会，一个男人的身高是非常重要的，因为追赶猎物捕获敌方，包括应对情敌，身高都是举足轻重的砝码。一个女人，找到一个高大的男人，自己和后代的生存与安全就有了比较稳固的保障。相比之下，男人还要克制一些，甚至可以说明智一些。

他们在征婚广告上并没有写出要求女性的三围是多少，更多的是提出希望所征女性贤淑温柔，这是后天的品德而不是先天所赐。当然你可以说贤淑也是性感，如果说性感也分档次的话，我看这是较高层次的性感指标。

我笑起来说，那按你的这套逻辑，其实要求男子的身高是一种过了时的性感。

女友正色道，是啊。就是在原始社会，身高也不一定能保证必定胜出，矮个子只要智谋超群，也一样能遗传自己的基因，这也就是矮个子至今连绵不绝的原因。女人把持着身高这一点不放，是思维上的懒惰，把事物简单化了。简单的现代化还有一种表现，就是把财富当成了性感。

我大笑，说这也太有趣了，身高当性感还可接受，至于钱和性感，实在有点风马牛不相及。

朋友说，毕淑敏你太迂。我说的不是幸福，是性感。性感是个中性的词汇，你不能说它是好或是不好，也不能说它一定会导致怎样的结果。一些不愿或是不喜用自己的头脑思考的人，总是喜欢把复杂的事情写个普及版。如今，不单有钱是性感，有权有势也都成了性感标志。你看腐化堕落的高官，几乎都有所谓的“红颜知己”，其实不过是吞食了诱饵的异性猎物。以为男子有权有势有身高有祖业……就是性感，以为跟随他自己的一生就有了保障，实在大谬。性感并不是生殖感，所以它不仅仅和性激素有关，更是和一个人对自己的性别的把握和修养有关。拿男子来说，想远古时期，必是跑得快跳得高能用石斧砍虎狼的头领才是性感。到了后来，像诸葛亮这样摇着鹅毛扇但很有计谋的人，也要算作性感。远古对待女人，一定是能多多生育的母亲才叫性感。但到了自杀的虞姬那会儿，除了美貌，刚烈忠贞也算性感了。这样看来，性感也是社会进步的指标之一。据说，最近某地评选最性感的男人，凤凰卫视的阮次山先生当选，这位老先生秃顶结巴，实在有违当下美男的标准。可见性感在不断进步。

性感在女性，不是扭腰送胯飞媚眼，也不是丰乳肥臀嗲音调，而是一种将女性的外在和内在之美融合为一体，不单要男性觉得这是异性独到的巧夺天工，更要让女性也觉得这是本性姹紫嫣红的骄傲。性感在男性，不是虎背熊腰蛮气力，也不是高官厚爵金满地，而是将男性的外在和内在之美也融合得天衣无缝，不单让女性觉得这是异性独到的万千气象，更要让男性也觉得这是自己奋斗和仰望的范本。

我说，听你这样一讲，我等便都是一点都不性感的凡人了。朋友说，你以为性感像如今绿化的美国冷草坪一样遍地都是吗？性感其实是一种稀缺资源。

成千上万的丈夫

女人不要把一生的幸福，寄托在婚前对男性千锤百炼的挑拣中，以为选择就是一切，选择只是一次决定的机会，选择错了，不过是输了第一局。

有成千上万的男人，可能成为我们的丈夫。

这句话，当从一位当律师的女友嘴中，一字一顿地吐出时，坐在对面的我，几乎从椅子滑到地上。

别那么大惊小怪。这话也可以反过来对男人说，有成千上万的女人，可以成为你们的妻子。你知道我不是指人尽可夫的意思。教养和职业，都使我不会说出这类傻话。我是针对文学家常常在作品中鼓吹的那种“唯一”，才这样标新立异。女友侃侃而谈。

没有唯一，唯一是骗人的。你往周围看看，什么是唯一？太阳吗？宇宙有无数个太阳，比它大的，比它亮的，恒河沙数。钻石吗？也许有一天我们会飞到一颗钻石组成的星球，连旱冰场都是钻石铺的。那种清澈透明的石块，原子结构很简单，更容易复制了。指纹吗？指纹也有相同的，虽说从理论上讲，几十亿上百亿人当中，才有这种可能性。好在我们找丈夫不是找罪犯，不必如此精确。世上的很多事情，过度精确，必然有害。伴侣基本是一个模糊的数学问题，该马虎的时候一定要马虎……

有一句名言很害人，叫作：每一片绿叶都不相同。我相信在科学家的电子显微镜下，叶子间会有大区别，楚河汉界。但在一般人眼中，它们的确很相似。非要把基本相同的事物，看得不相同，是神经过敏故弄玄虚。在森林里，如果带上显微镜片，去看高大的乔木，除了满眼惨绿，头晕目眩，无法掌握树林的全貌，只得无功而返。也许还会迷失方向，连回家的路都找不到了。

婚姻是一般人的普通问题，不要人为地把它搞复杂。合适做你丈夫的人，绝非前无古人后无来者的异数。就像我们是早已存在的普通女人，那些普通的男人，也已安稳地在地球上生活很多年了。我们不单单是一个人，更是一种类型，就像喜欢吃饺子的人，多半也热爱包子和馅饼，科学早就证明，洋葱和胡萝卜脾气相投，一定会成为好朋友。大豆和蓖麻天生能和平共处，玫瑰花和百合种在一处，彼此都花朵繁茂，枝叶青翠。但甘蓝和芹菜相克，彼此势不两立。丁香和水仙花，更是水火不相容。郁金香干脆会致毋忘草于死地……如果你是玫瑰，只要清醒地坚定地寻找到百合种属中的一朵，你就基本获得了幸福。

当然了，某一类人的绝对数目虽然不少，但地球很大，人又都在走来走去，我们能否在特定的时辰，遭遇到特定的适宜伴侣，也并不是太乐观的事。

相信唯一，你就注定在茫茫人海东跌西撞寻寻觅觅，如同一叶扁舟想捕获一条不知潜在何处的鳟鱼，等待你的是无数焦渴的黎明和失眠的月夜。

抱着拥有唯一的愿望不放，常常使女人生出组装男友和丈夫的念头。相貌是非常重要的筹码，自然列在前茅。再加上这一个学历高，那个家庭好，另一个脾气柔雅，还有一个事业有成……女人恨不能将男人分解，剁下各自最优异的部分，由女人纤纤素手用以上零件，黏合成一个美轮美奂的新男人，该是多么美妙！

只可惜宇宙浩茫，到哪里寻找这样的胶水！

这种表面美好的幻想，核心是一团虚妄的灰雾在作祟，婚姻中自然天成的唯一佳侣，几乎是不存在的。许多婚礼上，我们以为天造地设的婚姻，夭折得如同闪电，真正的金婚银婚，多是历久弥新的磨合与默契。

女人不要把一生的幸福，寄托在婚前对男性千锤百炼的挑拣中，以为选择就是一切，对了就万事大吉，错了就一败涂地。选择只是一次决定的机会，当然对了比错了好。但正确的选择只是良好的开端，即使航向对头，我们依然还会遭遇风暴。淡水没了，船橹漂走，风帆折了……种种危难如同暗礁，潜伏于航道，随时可能颠覆小船。选择错了，不过是输了第一局。开局不利，当然令人懊恼，然而赛季还长，你可整装待发，蓄势来看。只要赢得最终胜利，终是好棋手。

在我们人生旅途中，不得不常常进入出售败绩的商场，那里不由分说地把用华丽外衣包装的痛苦，强售给我们。这沉重惨痛的包袱，使人沮丧。于是出了店门，很多人动用遗忘之手，以最快的速度把痛苦丢弃了。这是情绪的自我保护，无可厚非。但很可惜，买椟还珠，得不偿失。付出的是生命的金币，收获的只是垃圾。如果我们能够忍受住心灵的煎熬，细致地打开一层层包装，就会在痛苦的核心里，找到失败随机赠送的珍贵礼品——千金难买的经验和感悟。

如果执著地相信“唯一”，在苦苦寻找之后一无所获，或是得而复失，懊恼不已，你就拿到了一本储蓄痛苦的零存整取存单，随时都有些进账可以添到收入一栏里记载了。当它积攒到一笔相当大的数目，在某个枯寂的晚上，一股脑挤提出来，或许可以置你于死地。

即使选择非常幸运地与“唯一”靠得很近，也不可放任自流。“唯一”不是终生的平安保险单，而是需要养护需要滋润需要施肥需要精心呵护的鲜活生物。没有比婚姻这种小动物，更需要营养和清洁的维生素了。就像没有永远的敌人一样，也没有永远的爱人。爱人每一天都随新的太阳一同升起。越是情调丰富的爱情，越是易馊，好比鲜美的肉汤如果不天天烧开，便很快滋生杂菌以致腐败。

不要相信唯一。世上没有唯一的行当，只要勤劳敬业，有千千万万的职业适宜我们经营。世上没有唯一的恩人，只要善待他人，就有温暖的手在危难时接应。世上没有唯一的机遇，只要做好准备，希望就会顽强地闪光。世上没有唯一只能成为你的妻子或丈夫的人，只要有自知之明，找到相宜你的类型，天长日久真诚相爱，就会体验相伴的幸福。

女友讲完了，沉思袅袅地笼罩着我们。我说，你的很多话让我茅塞顿开。但是……

女人不要把一生的幸福，
寄托在婚前对男性千锤百炼的挑拣中，
以为选择就是一切，
选择只是一次决定的机会，
选择错了，不过是输了第一局。
而赛季还长，你可整装待发，蓄势来看。

但是……什么呢？直说好了。女友是个爽快人。

我说，是否因为工作和爱人都不是你的唯一，所以才这般决绝？不管你怎么说，我依然相信世界上存在“唯一”，这种概率。如同玉石，并不能因为我们自己不曾拥有，就否认它的宝贵。

女友笑了，说，一种概率若是稀少到近乎零的地步，我们何必抓住苦苦不放？世上有多少婚姻的苦难，都是因追求缥缈的唯一而发生的啊！对我们普通的男人和女人来说，抵制唯一，也许是通往快乐的小径。

性别按钮

选择性别，其实就是选择命运。假如你可以做一回男人，你愿意做哪一个阶段的男人，愿意承担男人的哪些角色？

假如我们身上有一个按钮，可以随时改变我们的性别，我将在一生的许多时候使用它。让我们假设按钮的颜色，男性为红，女性为绿吧，因为我们这个民族素有红男绿女这样一个成语。

我想象自己的身体也许像交通繁忙的十字街头，红红绿绿闪烁个不停。当我还是一个胎儿的时候，我选择女性。因为根据最新的科学研究证明：在女性特有的那两个 XX 染色体上，除了表示性别，还携带着许多抗病的基因。流产夭折的孩子多半是男婴，就是因了这个缘故。请别谴责我的自私，外面的世界这么喧哗美丽，我这辆小小的跑车，不能还没驶出车站就抛锚。

当降生终于开始的时候，我毫不犹豫地选择男性。我要向人世间发出最嘹亮动人的哭声，宣告一个生命——我的到来。一个理由是女孩子的哭声多半太秀气，自己就听得没情绪。最主要的原因是为了让我的亲人们高兴。无论社会怎样进步，中国人还是喜欢男孩。尤其在产房里的时候，生了男孩的妈妈眉飞色舞，生了女孩的妈妈低眉顺眼……为了能让自己的妈妈理直气壮，为了能让望眼欲穿的爷爷奶奶喜笑颜开，我只好义无反顾地选择男性。这可绝不是向世俗的偏见低头，而只是想在出生的这一个瞬间，带给我的亲人更多的快乐。

我在襁褓中慢慢长大。这段期间，做男婴还是做女婴都无所谓。在没有发明舒适的纸尿布以前，我想还是做男孩好一些，享受干爽的机会比较多。随着科学的不断进步，这件小事不再能左右我揿动按钮。在这段人生最美好的时光里，我男女不辨地随意躺在绵软的带栅栏的小床里，用小手追逐缓缓移动的阳光，学会对着使我们愉悦的事物微笑。我们脱离了母体的温暖，独自面对自然界的风霜。我们尝试着对饥饿和病痛发出抗争，但我们其实很无奈。假如没有亲人的呵护，无论男孩还是女孩，我们都软弱。

像初夏的青苹果，我们缓缓地长大。这段时间如果一定要我选择，我就当女孩吧。因为在这期间，我们无师自通地学会人世间最重要的知识——语言。女孩的舌头像鹦鹉，她们学话的速度比男孩快多了。虽说中国流传着“贵人语迟”的民谚，但我还是喜欢做个平凡人，早早地学会向他人表达自己的看法。

接着，我们突然像竹笋一样，日新月异地膨胀起来。不断地增长淘气本事。爬高上梯，没头没脑地疯跑，在自己的脸上糊上泥，把玩具肢解得遍地都是，从一块石头疯狂地跳上另一块石头，在水里溅起一连串的水花……这都是男孩子的特权啊！我要做个男孩，把身上的红色按钮死死揿下。做男孩可以把鞋子踢烂、把衣服刮破、把手指划出血、把膝盖磕掉皮而不遭家长的斥责。男孩在玩耍上享有天然的豁免权，当他们无意间伤害了别人的财产和自己的身体时，大人们多半会宽容地说，嗨！男孩子嘛，就是这个样子！女孩子可要倒霉得多。几千年的观念像一张透明的娇柔的网，将你裹得紧紧。你时刻感到不能自由自在地呼吸和手舞足蹈。你看得见外面的一切，却不能随心所欲地飞翔。你抗议的时候，别人会莫名其妙地说，没有呀？没有谁束缚你。真叫你有苦说不出。

开始上学了。我愿意回到女儿身。男孩子太顽劣了，屁股底下像有颗大滚珠，不会安安静静在椅子上待一刻。他们终究会意识到知识的重要，可是距那大彻大悟的关头，他们还要穿过漫长的隧道。在这个觉醒的过程中，他们恶劣的成绩，将被老师斥责，同学耻笑，家长软硬兼施，邻里议论纷纷……这种经历对一个人的心智是大考验。许多男孩就在这种挫折感中，失去了人最宝贵的自尊。而女孩，就比较平顺，因为她们知道死用功。灵灵秀秀的女孩穿得干干净净，乖乖地举手发言。讨老师的喜欢。下了课，夹着平平整整的作业本回家，给爸爸妈妈一个好成绩。小学真是一个女孩的黄金时代，她们像新生的豆荚饱满和嫩绿，充满着勃勃的生气。

到了十一二岁的时候，我要赶快把绿色按钮变换成红色按钮，再迟就来不及了。那位将陪伴每一个女人青春时代的殷红色朋友就要来啦！她每月一次的造访你无法拒绝，陪着她，你困倦激动好哭爱发脾气……惹不起，我们躲得起。

去做男人。男人此刻异军突起。他们在一夜之间变得强健英俊，仿佛蜕尽了最后一层躯壳的知了，高高地飞到了白杨树梢，向全世界发出尖锐的鸣叫。尽管歌声还不够老练，但他们终究会成熟起来的。这个时期的男性永远是一个谜，你不知道他们是在哪一个早上，突然从男孩变成了男子汉。老天爷的鬼斧神工，毫不留情地把他们大脑的沟壑凿深，雕刻出他们坚毅的下巴和眉宇，慷慨地在制造他们潇洒智慧的同时，随赠了一大包的幽默。仿佛在不经意之间，他们流露出勇气与旷达。当然啦，他们也脆弱，也孤独，也想入非非，也躁动不安，但鹿一般雄壮的气息缠绕着他们，他们在奔跑中不断完善。岁月的炉火燃烧着，熔炼着男人和女人的金丹。

女人最美丽的季节到了。俗话说女大十八变，最动人的变化悄悄地发生着，我终于忍不住跑回去做女人了。少女的头发像鸦羽一样闪亮，你盯着看久了，会闪出墨绿的光泽。瞳孔里因为蕴涵了过多的期望而显得秋水淋淋。肌肤像刚刚裱制出的白绸，细腻光滑无一丝波痕。柔曼的腰肢，玲珑的曲线，都带着稍纵即逝的精致。

她们的心绪，像一块绿毡似的秧田。看似平静，其实每一阵微风荡过，都引起所有的枝叶震颤。草莓红了，芭蕉被雨淋湿。成熟的樱桃想飞到天上去，无所不在的万有引力又使它飘落黄土地。

无论女人有多少瑰丽的想象，她们一生中最重要的事，是寻找那个缺了肋骨的男人，重新嵌进他的胸膛。无论找到找不到，都有无尽的苦恼与欢乐。男人和女人终于镶在一起了。

在女人行将破裂的那一瞬，我决定逸出她的躯壳，去做一个男人。因为此时的男人好威风啊！婚后的男人，太累太累。

好像追赶太阳的夸父，一头担着事业，一头担着家庭。出于怕苦怕累的天性，又使我翻回头去想做女人，但女人已开始孕育生命。这是充满创造也充满艰险的劳动，简直是女人一生中最大的劫难。女人变得面目全非，身躯沉重，步履蹒跚，脸上趴着褐色的蝴蝶，曲线被圆弧毫不留情地替代。心脏汹涌地鼓荡着，供给着两个人的血脉。那是生与死的循环啊。女人或者捧出两条生命，或者与她的婴孩一起沉没海底。

面对生命的链条，我怯懦地闭上眼睛。我真的不知该选择做男人还是做女人，也许人生就是无止境的苦难，无论怎样巧妙地在礁石上跳来跳去，我们还是得被巨浪浇得透湿。也许在真正美妙的融合中，男人和女人是一堵砌在高坡上的墙。你不可能将他们分开，你不可能说自己是其中的砖还是泥水。墙矗立着，或者訇然倒塌；或者很有风度地站上一千年，依然像刚完工那般新鲜。

真的，我们不必区分得太分明。一个好男人和一个好女人，在共患难的日子里，是一种奇怪的有四只脚和四只手的动物。他们虽然有两颗心，却只有一个念头——风雨同舟地向前。

新的生命诞生了。从这儿以后，还是坚持做男人吧。哺育的担子太重，社会又对女人提出了太多的角色。在家是举案齐眉的贤妻良母，出外是叱咤风云的巾帼强人。父母膝下返璞归真的孝女，社交场合典雅华贵的夫人……一副副面具需要轮换着镶在脖颈上，深夜里女人会仰天叹息：我在哪里？

做男人就简明扼要多了。他们缓缓地但是坚定不移地向着既定的目标前进，好像一艘巨大的航空母舰。他们的轮廓在岁月中渐渐模糊，但内心仍坚定如铁。失败的时候，他们在人所不知的暗处，揩干净创口的血痕。当他们重又出现在太阳下的时候，除了觉出他的脸色略显苍白以外，一切如常。他们也会哭泣，但流出来的是血不是水。血被风干了，就是美丽的玫瑰花，被他们不经意地夹在成功的证书里。男人的自由多，男人的领域大。男人被人杀戮也被人原谅，男人编造谎言又自己戳穿它。男人可以抽烟，可以酗酒，可以大声骂人，可以随意倾泻自己的感情。历史是男人书写的，虽然在关键的时刻往往被一只涂了蔻丹的指甲扭转。那也是因为在那只手的后面，有一个男人微笑地凝视着她。

我懵懵懂懂疲倦地走过了许多年，频繁地选择着性别按钮，连自己也感觉厌烦。似乎每一次选择的动机都是避重就轻，人类的弱点在选择中暴露无遗。选择的机会不是很多了，我们已经老迈。

时间是一个喜欢白色的怪物，把我们的头发和胡子染成他爱好的颜色。他的技术不是太好，于是我们就变得灰蒙蒙。孩子长大了，飞走了，留下一个空洞的巢穴。由于多年在一起生活，我们吃一样的饭，喝同一种茶叶沏成的水，甚至连枕头的高度也是一致的。我们变得很相像。像一对古老的花瓶，并肩立在博物架上，披着薄薄的烟尘。

我们不可遏制地走向最后的归宿。我们常常亲热地谈起它，好像在议论一处避暑的胜地。其实我们很害怕，不是害怕那必然的结局，是害怕孑然一身的孤独。

我们争论谁先离开的利弊。男人和女人仿佛在争抢一件珍贵的礼物，都希图率先享受死亡的滋味。在这人生最后一轮的选择中，我选择女性。

我拈轻怕重了一辈子，这次挺身而出。男人，你先走一步好了。既然世上万事都要分出个顺序，既然谁留在后面谁更需要勇敢，我就陪伴你到最后。一个孤单的老翁是不是比一个孤单的老媪更为难？让我噙这颗坚硬的胡桃到最后吧。这是生命的分工，男人你不必谦让。

你病了，我会在你的床前，唱我们年轻时的歌谣。我会做你最爱吃的饭，因为你说过，除了你的母亲，这个世界上我做的饭最对你的口味。我们共同回忆以往的时光，把辛苦忙碌一辈子没来得及说的话，借病房的角落全部说完。其实话是说不完的。

有一天，你突然说要告诉我一个秘密。你说男人都有自己的秘密，你对我这样好，其实我不值得你对我这样好……你要用秘密回报我的真诚，这样使我在你死后不会太伤心。我立刻用苍老的手，堵住你的嘴。我说，你别说，永远别说。我们之间没有秘密，最大的秘密就是我们怎样在茫茫人海中相识，从过去一直走到将来。男人走了，带着他永远的秘密。现在，我已无法再选择。

那两个红色绿色的按钮，已经剥脱了油彩，像两颗旧衣服上的扣子。选择性别，其实就是选择命运。男人和女人的命运有那么多的不同，又有那么多的相同。我最后将两颗按钮一起揿下，我不知道会发生什么样的事情。它们破裂了，留下一堆彩色的碎片。我作为一个女人，来到这个世界上。我又作为一个女人，离开这个世界。似乎所有的选择都是徒劳。不，我用一生的时间，活出了两生的味道。

女也怕

你爱一个人，那个人可以背叛你。你爱一只狗，那只狗虽然不会背叛，可是它会老去。唯有你爱一桩事业，它是奔腾不息的。

若干年前，某机构邀请我作一场辩论赛的评委兼点评，我看了题目——你喜欢干得好还是嫁得好？没敢接下这份信任。因为我向往的是鱼和熊掌一锅烩，不矛盾啊。时下流行的观念好像干得好了，嫁人的危险指数就升高了。若是嫁得好，似乎就把自己给出卖了，活得不够硬气……

命题本身似有矛盾之处。为什么就不访问一下男人们：你是期望干得好还是娶得好？估计所有的男士都会毫不迟疑地回答——那还用问！

想必每个女性，都期望自己既干得好，也力争嫁得好，这才双赢。干吗平白无故地把干和嫁对立起来啊？这不是自己和自己过不去吗？

从那以后留了心，才发现，干和嫁这两件事，好像捆绑式火箭，常常成双成对出现。比如一句流传很广的古话：男怕入错行，女怕嫁错郎。

行当这件事，是社会进步的表现之一。远古时代的行当简单，除了打猎就是放牧。至于在山顶洞里看着篝火以保留火种和用兽骨磨根骨针缝块遮羞布这样的活儿，估计和今日的家务劳动不记入国民生产总值差不多，属于隐形经济，是不能算行当的。以后诸事发展了，行当渐渐多起来，出现了占卜师和舞蹈家，还有部落酋长……想来这些人就是以后的研究员、艺术家、政治家的雏形。

近代，行当以几何倍数增长。据说美国的职业大典，已经收入了1.7万种职业。世界好像一张花毯，被各式各样的职业尼龙线，织得如此密不透风，让人惊惧。虽然从理论上讲，男人能做的事，女人也都能做。但不管行业如何得多，女性普遍所能从事的行业，还是比男人要少些。我认识一位杰出的妇产科主任，就是男性。我说，为什么连妇产科这样的领域，也请你坐了头把交椅？他说，因为我从来不会得我所医治的这些病，比如难产和子宫肌瘤，所以，我就格外得用心。

女人所能从事的事业较之男性为少，女性就更怕入错了行。对女人来说，“行”是什么？是一双吃饭的筷子，是一袭柔软的金甲，是一道曲折幽冷的雨巷，是一副飞跃雪野的划板……入对了行，成功的把握就大。入错了行，事倍功半也许是零。让一个擅长举重的运动员，练了体操，必蹉跎岁月一事无成。

这事也能反过来看。查查事业成功的人士，究竟有些什么特点呢？在美国，有一位研究人员，做了长期的跟踪调查，得出了优秀人士的四大基本特征。

第一条是：通常是男人居多。第二条是：通常是结过婚的。第三条是：通常离婚的比例较低。第四条也就是最重要的一点是：

通常没有共同点（这一条查得很周到，比如说他们的身高、体重、籍贯、受教育的程度、性格、品德……都不相同）。

四个通常。我看到这个结果之后，愣了一会儿就嘻嘻笑起来。我相信它是有道理的。也相信这个研究人员辛苦了若干年，得到的常识没什么用。

那么，选择行当的依据是什么呢？研究表明，对职业最持久和最深远的影响力，来自我们的兴趣。爱因斯坦说过，爱好是我们最好的老师。

对女人来说，如果你有一份挚爱倾心的工作，你就为自己植下了一株神秘的花朵。它妖娆生长，持久地散发出魅人的香氛，熏炙着你的每一个日子，使它们从暗淡的岁月中凸现出来，变得如此不同寻常。

你爱一个人，那个人可以背叛你。你爱一只狗，那只狗虽然不会背叛，可是它会老去。唯有你爱一桩事业，它是奔腾不息的。你付出的是青春，它回报你的是惊喜。你可以消失，但你在你的事业中永恒。当我们阅读着一部经典的作品，当我们注视着一座伟大建筑的遗骸，当我们摩挲着一个古瓷小碗，当我们在星斗的照射下，缅怀人类所有的探索和成就时，我们就是在检阅事业的花名册了。

当女性选择行当的时候，比较少地考虑自己的爱好，更多考虑的是安全和收入，这是历史也是现实。这是生活所迫也是发展的羁绊。女性的温饱解决之后，工作就日益成为尊严和自我价值体现的最主要杠杆。

性的第一印象

性是什么？美好的？阴暗的？本能的？伟大的？假如一件美好的东西在一种阴暗负面的语境中被表达出来，对一个人的生活影响将会如何？

社会节奏加快，人们将第一印象提升到了显赫位置，不像以往的农耕社会，有着“日久见人心”的悠然和从容。大学生的谋职面试，简直会在三五秒内瞬间，就决定一只饭碗的取舍，更显出第一印象的窘急。见过一面的人，也许就此别过，永无再见的机会，第一印象就成最后印象。也许心存好感，由此展开一段经济和情感的传奇，最终成了眷属也说不定。第一印象，生杀予夺。

记得有个小实验，将一个从来没有见过兔子的婴孩，和一只小白兔放在一起。白兔当然是柔软和温顺的，可是当其露面的时候，实验人员伴以嚣张的音响和恐怖的光芒，孩子吓得哭了起来。这样的情形一而再，再而三之后，只要兔子一出现，不管有没有声响和光芒相随，孩子都十分惊慌。以致很久以后，孩子一旦看到白兔的照片，还噤若寒蝉。

这就是第一印象的长远效应，难以涂改。

从前，一个人什么时候接触到性，基本上是在可以控制的范畴内。大凡有些章法的人家，都如千手观音，尽量遮挡着孩子的眼睛耳朵，“非礼勿视”“非礼勿听”。这种封闭加愚民的政策，应该说基本上是有效的。在罐头盒似的保护中，孩子们渐渐长大，懵懵懂懂地走入成年之列。

在江南古镇徜徉，一老妇人诡秘地牵住我说，到我屋里坐，有好东西给你看的。

跟随她到了狭窄内室，老人家掏出一摞瓷片，说，我看你年纪也不小了，家里的孩子一定也大了。婚嫁的时候，当妈妈的是要送点贴己物给孩子的。你把我这东西买了去，等到女儿出门子，就压在她的箱子底，她一看就明白了。这是老辈子传下来的宝，乾隆年间的……

原来，那是烧在瓷器上的性交图谱，粗糙拙劣。我躬身而退。

这种古朴的法子，现在宣告失灵。资讯如此顺畅，媒体四通八达，电视机里婚恋节目老少通吃，更不消说孩子们可在互联网上纵横驰骋，黄色站点如同粘鸟的巨网，不舍昼夜地在那里猥亵地微笑着，守株待兔，请君入瓮。

性这个东西，属于本能。凡属本能的东西，都顽强而茁壮。要把一个奔突不止的泉眼纳入轨道，除了因势利导，别无他法。

人在什么情形下对“性”产生第一印象，这是一个重要而莫测的问题。如果没有深入的研究和细致的安排，就坠入听天由命随波逐流的窠臼。来自传统的遮掩和回避，躲闪和忌讳，都使我们今天在面对这一问题的时候，借鉴甚少，踌躇甚多。

如果我们的孩子是在仓促中、紧张中、慌乱中、阴暗中，从一个自己不信任不爱戴不尊崇不熟悉的人那里，得知这一重大课题的第一印象，岂不错愕不止惊骇莫名？！

如果这第一印象是不全面不科学不美好不安全的，扭曲的变形的阴暗的恐怖的第一印象，是否会将阴影涂布他的一生？！

性的第一印象，需在爱和科学的掌控之中。我在美国听到一个慈善组织说，他们认为最迟在 6 岁就要对孩子们开始进行周密的性教育。我参观了他们的课堂和教具，其准确和形象，让我这个当过医生的人叹服。

我不知道有没有针对中国儿童的研究，也不知道这个年限究竟以几岁为宜。我期待——一定要让孩子们在阳光下得知性的知识，要有一位他们爱戴的长辈，用温暖的语调讲出，让他们看到美丽的色彩，同时听到快乐的音乐……希望这种相辅相成铸造的关于性的第一印象，让性的溪水欢畅地流向归宿，那就是——海洋般宽广的爱。

不要因为爱，| Love and yourself |

让自己变得面目全非

情感按钮

把情感发泄出来，叫本能；把情感压回去，叫本事。

常常想。却没有答案。

人们很爱说，你不要情感用事，那神情像是在上书一个君主，不要起用一个坏武将。因为情感出马的时候，是莽撞的，不经思考的，没有胜算的，甚至一败涂地的。情感在这里成了不折不扣的贬义词。

情感真的是贬义的吗？如果，真的是，那么，就应该——把人五颜六色的情感都阉割了，变成一架没有情感的素白骨骼。

然而，这个世界上已经有了太多的机器，缺少的正是有血有肉有风骨有情愫有气节有慈悲的汉子和女子啊！

不信，咱们打个赌试试。

你愿意娶一个没有情感的女子吗？恐怕绝大多数的男子会说，不！

你愿意嫁一个没有情感的汉子吗？几乎所有的女子都会说，不！

你愿意生一个没有情感的孩子吗？不！不！我猜这是无数母亲的唯一答案。

你愿意有一个没有情感的母亲吗？不！绝不！我断定所有的孩子都会这样回答。

你愿意在没有情感的老师麾下当学生吗？学生们一定异口同声地说：不！

你愿意在没有情感的老板手下当员工吗？不！员工们会谨慎而坚定地作答。

你愿意在没有情感的国度里生活吗？……不！不！几乎所有的公民都会这样说！

人们这样需要情感，情感看来是万万少不了的。

但情感也需有节制。所有的事物都要有节制，超过了限制就是灾难。涓涓溪流是美丽的，不断地加大流量，成了滔滔洪水就是祸端。暖暖春光是惬意的，热下去再热下去，温度不断升高，成了烈火焚烧就是酷刑。适当的愤怒，适当的哀伤，适当的哭泣，适当的欢喜……如果它们的力度是恰到好处的，那么每一种情感，都是动力，都会让我们的生活丰富多彩，充满连绵不绝的激情与活泼泼的张力。

可惜，情感的特征就是不受控制。在某种程度上，它我行我素，自说自话，如同脱缰野马，洒脱不羁。所以，给情感安上一个按钮，就是非常必要的了。

情感按钮，它应该是圆的还是方的？什么颜色呢？谁来掌控呢？

都是问题。

依我看，情感按钮最好是液晶屏的，轻轻一触，不显山不露水地就完成了操作。如果你想发火，在别人还没有发现的当儿，你就在第一瞬间，觉察到了这喷薄欲出的火苗来自何方。你会问自己，除了发火，我还有没有更好的表达方式？面前的这个人，这个时间，这个地点，是不是我发泄愤怒的最好对象与时空？发火除了让我有片刻的快意以外，会不会造成更长远的伤害和后果？如果你将这一切都考虑周全了，你还是想勃然大怒，我觉得那就让火山爆发一次吧。这就像你的武器库里有一枚原子弹，你就是超级大国的总统，你有核按钮。只是所有的爆炸都是有强大破坏力的，你可以炸毁邪恶，也可能粉碎自我。如果你悲痛欲绝，你是可以哭的。不但可以无声地哭泣，也可以声震寰宇号啕痛哭。情感没有对错之分，只有存在与否。既然存在了，就要像对付堰塞湖一样，挖一条导流渠，让危险的库容降低。能缓慢地释放最好，实在不行了，也要爆破，总之，宜疏不宜堵。不然，所有的情感都蕴藏着巨大的能量，一旦失去控制，就会电闪雷鸣风驰电掣地狂泄起来，那就极容易溃坝伤人。

情感按钮的形状，我觉得最好是椭圆形的。关于圆形的好处，各种书上都有解释，有说这样最省材料，有说这样最美观，还有说这样最方便的。关于椭圆形的好处，讲的似乎不多。椭圆形，应该是圆形的弟弟吧。先有了圆形，然后圆形在某种压力下，就变成了椭圆形。圆形的所有优点它都保存着，只是比圆形更多了一些灵活变通。我喜欢椭圆形的原因是，它没有棱角，从任何方向抚摸起来，都是妥帖的，流畅的，简便的。既然我们的情感需要控制，那么这个按钮，当然以便利快捷温润周全为好。

如果要给情感按钮规定一种颜色，什么色儿好呢？红色太鲜艳了，如果是火冒三丈的时候，这本身就是一个强烈的刺激。要不，黄色？想想，似乎太触目惊心了一点。想那海难的救生衣，道路的危险警示，都是或深或浅加入了一点红橙的黄。甫一看到，就让人警觉，甚至有不祥的预感。情感的按钮，还是更祥和一些吧。要不就绿色？环保并且时尚。细一琢磨，似乎稍微稚弱和青翠了些，不够坚定强韧。思来想去，最后决定取沧海和蓝天的色泽。

情感按钮，就用包容一切的蓝吧。海水的蔚蓝，翻起的浪花是雪白的，如同硕大无朋的蓝宝原石，镶着银亮而曲折的边。我乘坐游轮环球旅行，每日看不够的就是无边无际的大海了。我惊叹这个星球上有那么多的水，那么广阔的蓝色，而且，它们决不单调枯燥，而是变幻无穷。不知哪里来的不竭动力，它们无时无刻不在充满胜利地涌动着，含蓄但深不可测。中国有句古话，叫作“仁者乐山，智者乐水”。我因为从小就在西藏当兵，和无数山峦相依为命，虽不敢自诩为仁者，却是爱山的，如同爱一位同宿舍的老友。这一次，见了真正浩渺无际奔腾不息的大海，才知道自己是多么崇拜水啊。不是智者，但是爱水，爱这孕育了无数生灵的颜色。

物种的起源，是来自水的。想当初，我们都是最简单的孢子，遨游水中。我们从海洋那里得到了最初的营养，开始了步履蹒跚的进化长征。如今我们成了这个星球上最智慧的生物，我们也面临着巨大的危机。看到海洋的时候，我们的心会宁静下来，在它面前，我们是如此渺小而单薄，比一朵浪花的生涯更短暂飘忽。一朵浪花的前世今生，可能进过鱼腹，可能幻成彩霞，可能成为雨滴和寒露，可能在蚌壳的体内变成珍珠……很多人的一生，绝无这般精彩绚丽。

还是回到情感按钮这里吧。我们每个人都在自己的情感之河上竖立一座水闸，它有一个蓝色的椭圆形的如同海洋之眼的按钮。当你无法控制自己情绪的时候，就轻轻地触摸它，它是光洁温凉的，带给你镇定和松弛。如果你真的要放纵一次自己的情绪，就请在慎重思考之下，把按钮按下。如果你在这样的触摸中，渐渐地冷静下来，找到了另外的出口，那么，恭喜你啊，避免了一场情绪的厮杀。

为什么总是遇人不淑

安全感要从自己身上建立，不要把命运寄托在别人身上。

她到心理诊室来的那天，天气很冷。她穿着很短的裙子，腿长得并不好看，透过薄薄的丝袜，可以看到曲张的静脉。鞋跟很高，大脚趾紧绷着，几乎和小腿扳成一条直线。

她坐下后的第一句话是——我为什么总是遇人不淑？

我说，为什么要用“总是”这个词？

她叹了一口气说，我已经离过两次婚了。这一回，马上也要离了。

我也叹了一口气说，我听出你很难过，很想改变。你不知道自己什么地方出了毛病。你需要稳定和温暖，是这样的吗？

她一下子握着我的手，柔若无骨，连声说，是的是的！我不是爱离婚的女人，世界上有一些女人，不把离婚当回事，我要真是那样，也就不痛苦了。我是想好好过日子的女人，我在这方面下的功夫，比一般女人大多了。可我为什么就找不到爱我的男人？好男人都到哪里去了呢？

看着她绝望的神色，我说，你能告诉我，你是怎样遇到你曾经的三位丈夫的吗？

她滔滔不绝地打开了话匣子。

我从小是一个害羞的女孩，我总怕别人欺负我，个子小又胆小的女孩，多半都会这样的吧？当我知道男女之事以后，我想，一定要找个子高大的男生，这样，谁欺负我，他就会站出来保护我。第一位丈夫是我同学，个子高高，好似篮球运动员。我们俩的学习成绩都不怎么样，谁也用不着瞧不起谁。知根知底的，优缺点都一目了然，按说应该特踏实吧？所以，一有了工作，我们就结婚了。他当上了老板的保镖，一天跟着出入那些不三不四的场所，认识了一位洗头的小姐。我现在特恨“小姐”这个词。那算什么小姐啊？简直就是一个只能看小人书的打工妹。要是有点身份的小姐，起码傍一个“大款”“中款”吧，这小姐，苍蝇也是肉，连个保镖也不放过。后来，他俩被我在自己的家里，逮了个正着……我当时害怕极了，比那两个狗男女吓得还厉害。他们倒是比我镇静，我丈夫撂下一句话——你既然看见了，你就看着办吧！我呆呆地坐在家里，特别可惜我那精心布置的床，被糟蹋得乱七八糟的……别看我这个人个子小，可受不了这种窝囊气，我二话没说，离婚！

离了以后，我很快就从打击中恢复过来了，非要争一口气，要让我的前夫看看，你算个什么东西？你只能往底层里找，我呢？哼！这回找的不但个子要高过你，身份钱财都要比你强！

话虽是这样说，但有才又有身份的男人，大姑娘随便挑，干吗非得娶我这么个一没学历二没个头三没好工作的二婚女子啊？我分析了一下自己的优势劣势，我长得不错，还因为从小就胆小，所以刚跟我接触的人，都以为我挺温柔的。许多男人啊，最看重的就是女人温柔。不信你到报纸上的征婚广告看看，有一个算一个，都是寻求温柔贤淑女子的。扬长避短吧，我就在这方面下功夫。学着做一个贤妻良母呗，没什么难的。只要说话声音轻一点，动作慢一点，对小孩子特别疼爱就大功告成了。当然了，还得练着记住一些童话故事……

因为我要找的那种身份的男人，基本上都是带一个小孩的，你要是能对他的孩子好，他自然会给你加分。我报了社会上的各种学习班，比如“家长学校”“烹饪班”什么的。小姐妹都笑我，说你连个月娃子都没养下呢，自己连整虾都舍不得买，只吃虾皮，上这种班，不是跳级吗？我不理她们，也不告诉她们我的真实想法。要是万一失败了，多丢人啊。把这些都操练得差不多了以后，我就开始物色对象了。

从哪儿物色？当然是从征婚广告上了。这法子说起来挺笨的，其实多快好省。你买一堆报纸刊物，仔细研究，条件一目了然，一上午浏览个百八十男人的基本情况，不是难事。看得多了，也能增长经验，什么人是真心的，什么人是闹着玩的，甚至想占便宜的，估计个差不多。虽说里面有骗人的，但我也不是傻子，能分辨出个大概。感觉不好的，再不理他就是了。我特别重视身高这个条件，1.79 米以下的，免谈。

你猜得不错，我前夫就是 1.79 米。怎么我也得找一个比他高的，高一厘米也是高。按说我这些条件加在一起，也挺苛刻的。可我还真是找到了一个愿意见面的。个高，有钱，有一份体面的工作，有一个很可爱的孩子……一切的一切，都同我预计得一模一样。我给他做很可口的饭菜，亲吻他的孩子……

你问我这样做，是不是很勉强？说实话，有一点。但我知道这是为自己以后的幸福投资，也就一一地做了。这样接触了几次之后，是他催着结婚的。他说他太累了，需要一个安静的小潭。我说，我各方面的条件都不如你，你怎么会看上我呢？他说，前妻跟着别人走了，他下决心要找一个各方面都不如自己的人，只要对他好，对孩子好，就成了。钱挣多少是多呢？他挣的钱够用的了，我的钱不多，这没关系……这些理由挺充分的，是不是？我信服了，觉得苍天有眼，我的准备都派上用场了，熬出头了。

我们很快就结了婚。婚礼是到国外旅行了一趟，几乎没通知朋友。我的第二任丈夫说，他不想大事铺张，只想安安稳稳地过日子。我倒是很想风光一把，特别是让我的前夫知道知道，他离开了我，我却过得更好了。但新丈夫说低调处理好，我也就依了他。我还要保持一个贤惠的形象嘛。也许，我当时强烈要求大事操办一番，事情就会是另外的结局了？毕竟他是一个好面子的人……

结婚以后，我的本色就慢慢露出来了，我不可能老忍着吧？他的孩子做得不对的，我也不能老哄着，是不是？爆发是因为我替他去开孩子的家长会。老师劈头盖脑地一顿训，我回来当然要转述给他的父亲。也许我的表情不够沉痛，也许我的忧虑不够发自内心，本来嘛，又不是我的亲生孩子，我能做到如此，已经很不错了。说着说着，我的第二丈夫就开始生气，说我不是真心爱孩子，有点幸灾乐祸……最后说我是一只披着羊皮的狼……

我太冤枉了，我怎么会是狼？我是打算当一只忠诚的看家狗啊。我们开始了争吵。夫妻吵架这事，是不能开头的。开了头，就有瘾，会越吵越来劲。正在这时候，他的前妻回来了。他们是怎么开始来往的，我不知道。有一天吵架之后他对我说，我们还是离婚吧。我要和前妻复婚，她表示悔改，我原谅她了。我已经不相信女人了，但对孩子来讲，毕竟还是他的亲妈。至于你，可以给你一部分钱作为补偿……

我走了，没要他的钱。我不是为了钱，才和他结合的。我努力做了，可他是把我当作一个替代品。我上当了。他结婚的时候不肯通知朋友，说明他自己就对这次婚姻没信心，不看重。

这一次，我真的垮了。后来，我很快有了第三次婚姻。要说我的第二任丈夫，什么都没给我留下，这不对。他把一个观念留给了我，就是找一个条件不如自己的人。这样，你就操持着主动，你可以不要他，他却要巴结着你。我再找丈夫的时候，什么条件都放弃了，只问一条，个儿要超过 1.82 米。

是的。我也涨了价码了。您可以想到，在这种倒霉的时候，我能有什么好运气？他是一个好吃懒做的人，就靠我的那点收入养活他。等把我吃光了，他就出去找别的女人。我就说离婚，他腆着脸说，离婚干什么？凑合着过吧。我这是为你着想。像你这种女人，再离婚，谁还敢要你？丧门星！

我真的懵了。不知道哪里出了问题。我不是一个坏女人，我也没有害过人，可命运为什么对我如此不公？俗话说，事不过三。我为什么三次婚姻都如此不幸？有时我想，好人和坏人总是有一定比例的吧？这世界上总还是好人多的吧？我就是在马路上随便拦住一个人，嫁给他，也不致于次次都输得这么惨吧？到底是什么地方出了毛病？

她一口气说了这么久，目光始终不对着我的脸，只是紧张忧郁地注视着我的手。好像我的手里，捏着根还阳救逆的仙草。

我缓缓地说出毛病的地方，其实你自己是知道的啊。

她大吃一惊，说，您别开玩笑。我要是知道，还能一次次地陷得这么惨吗？我不会跟自己作对的！

我说，你的三任丈夫，都有一个共同点。你也反复多次提到，你找丈夫有一个雷打不动的条件……

她真是个聪明女子，马上说到，您是说我对身高的要求吗？这有什么错呢？您到征婚广告上看看，基本上都有这一条。人之常情啊。

我说，我很理解你。但我想问，你在对男人身高的要求后面，寄托的是什么呢？

她想想说，我想……如果男方的个子高，以后生个孩子，个子也会高的。这不是优生优育的规律嘛！

我说，你想得挺长远，这很好。可我一直没听到你有要孩子的打算。再者，对一桩婚姻来说，孩子并不是先决条件啊。请再想想，高个子后面的期望——是什么？

她低下头。想。当她再抬起头的时候，我看到了泪水。她说，我想要的是一份家庭的安全感。

我说，对极了。婚姻是要给人以安全感的，但最主要的安全感是从哪里来呢？从男人的头发？从男人的眼睛？从男人的籍贯？从男人的誓言？

她沉思了半晌，说，要从男人对爱情的忠诚来看。和个子无关。小个子的男人，也一样能做个好丈夫的。

我握着她的手说，好。你讲对了一小半，还有一大半。

她说，婚姻的安全感更要从自己来。相信自己，不要把命运寄托在别人身上。这样，即便出了差错，也不会乱了分寸，病急乱投医，不会一错再错了。只要自己安全了，婚姻就安全了。

我送她出门的时候，紧紧地握着她的手。她的指尖依旧很凉，但已经有一种坚定的力量蕴含在指掌之中了。

走出黑暗巷道

我们每个人的心灵深处都有一部精神的记录，除了我们自己，没有人知道它染过多少血泪。

那个女孩子坐在我的对面，薄而脆弱的样子，好像一只被踩扁的冷饮蜡杯。我竭力不被她察觉地盯看着她的手——那么小的手掌和短的手指，指甲剪得秃秃，仿佛根本不愿保护指尖，恨不能缩回骨头里。

就是这双手，协助另一双男人的手，把一个和她一般大的女孩子的喉管掐断了。

那个男子被处以极刑，她也要在牢狱中度过一生。

她小的时候，家住在一个小镇，是个很活泼好胜的孩子。一天傍晚，妈妈叫她去买酱油，在回家的路上，她被一个流浪汉强暴了。妈妈领着她报了警，那个流浪汉被抓获。他们一家希望这件事从此被人遗忘，像从没发生过那样最好。但小镇的人对这种事，有着经久不衰的记忆和口口相传的热情。女孩在人们炯炯的目光中，渐渐长大，个子不是越来越高，好像是越来越矮。她觉得自己很不洁净，走到哪里都散发出一种异样的味道。因为那个男人在侮辱她的过程中，说过一句话：“我的东西种到你身上了，从此无论你在哪儿，我都能把你找到。”

她原以为时间的冲刷，可以让这种味道渐渐稀薄，没想到随着年龄增加，她觉得那味道越来越浓烈了，怪异的嗅觉，像尸体上的乌鸦一样盘旋着，无时不在。她断定世界上的人，都有比猎狗还敏锐的鼻子，都能侦察出这股味道。于是她每天都哭，要求全家搬走。父母怜惜越来越皱缩的孩子，终于下了大决心，离开了祖辈的故居，远走他乡。

迁徙使家道中落。但随着家中贫困，女孩子缓缓地恢复了过来，在一个没有人知道她的过去的地方，生命力振作了，鼻子也不那么灵敏了。在外人眼里，她不再有显著的异常，除了特别爱洗脸和洗澡。无论天气多么冷，女孩从不间断地擦洗自己。由于品学兼优，中学毕业以后她考上了一所中专。在那所人生地不熟的学校里，她人缘不错，只是依旧爱洗澡。哪怕是只剩吃晚饭的钱了，她宁肯饿着肚子，也要买一块味道浓郁的香皂，把全身打出无数泡沫。她觉得比较安全了，有时会轻轻地快速微笑一下。童年的阴影难以扼制青春的活力，她基本上变成一个和旁人一样的姑娘了。

这时候，一个小伙子走来，对她说了一句话：我喜欢你。喜欢你身上的味道。她在吓得半死中，还是清醒地意识到，爱情并没有嫌弃她，猛地进入到她的生活中来了。她没有做好准备，她不知道自己能不能爱，该不该同他讲自己的过去。她只知道这是一个蛮不错的小伙子，自己不能把射来的箭，像个印第安人的“飞去来”似的，放回去。她执著而痛苦地开始爱了，最显著的变化是更频繁地洗澡。

一切顺利而艰难地向前发展着，没想到新的一届学生招进来。一天，女孩在操场上走的时候，像被雷电劈中，肝胆俱碎。她听到了熟悉的乡音，从她原先的小镇，来了一个新生。无论她装出怎样的健忘，那个女孩子还是很快地认出了她。

她很害怕，预感到一种惨痛的遭遇，像刮过战场的风一样，把血腥气带了来。

果然，没有多久，关于她幼年时代的故事，就在学校流传开来。她的男朋友找到她，问，那可是真的？

她很绝望，绝望使她变得无所顾忌，她红着眼睛狠狠地说，是真的！怎么样？

那个小伙子也真是不含糊的，说，就算是真的，我也还爱你！

那一瞬，她觉得天地变容，人间有如此的爱人，她还有什么可怕的呢！还有什么不可献出的呢！

于是他们同仇敌忾，决定教训一下那个饶舌的女孩。他们在河边找到她，对她说，你为什么说我们的坏话？

那个女孩心有些虚，但表面上却更嚣张和振振有词。说，我并没有说你们的坏话，我只说了有关她的一个真事。

她甚至很放肆地盯着爱洗澡的女孩说，你难道能说那不是一个事实吗？

爱洗澡的女孩突然就闻到了当年那个流浪汉的味道，她觉得那个流浪汉一定是附体在这个女孩的身上，千方百计地找到她，要把她千辛万苦才得到的幸福夺走。积攒多年的怒火狂烧了起来，她扑上去，一边撕那饶舌女生的嘴巴，一边对她的男友大吼说，咱们把她打死吧！

那男孩子巨蟹般的双手，就掐住了新生的脖子。

没想到人怎么那么不经掐，好像一朵小喇叭花，没怎么使劲，就断了。再也接不上了。女孩子直着目光对我说，声音很平静。我猜她一定千百次地在脑海中重放过当时的录影，不明白生命为何如此脆弱。为自己也为他人深深困惑。

热恋中的这对凶手惊慌失措。他们看了看刚才还穷凶极恶但现在已经了无生息的传闲话者，不知道下一步该怎样动作。

咱们跑吧。跑到天涯海角。跑到跑不动的时候就一道去死吧。他们几乎是同时这样说。

他们就让尸体躺在发生争执的小河边，甚至没有丝毫掩盖。他们总觉得她也许会醒过来。他们匆忙带了一点盘缠，蹿上了火车。不敢走大路，就漫无目的地奔向荒野小道，对外就说两个人是旅游结婚。钱很快就花光了，他们来到了云南一个叫“情人崖”的深山里，打算手牵着手，从悬崖上跳下去。

于是他们拿出最后的一点钱，请老乡做一顿好饭吃，然后就实施自戕。老乡说，我听你们说话的声音和新闻联播里面的是一个腔调，你们也是北京人吧？反正要死了，再也不用畏罪潜逃，他们也就大大方方地承认了。

我一辈子就想看看北京。现在这么大岁数，原想北京是看不到了。但现在看到了两个北京人，也是福气啊。老人说着，倾其所有，给他们做了一顿丰盛的好饭，说什么都分文不取。

他们低着头吃饭，吃得很多。这是人间最后的一顿饭了，为什么不吃得饱一点呢。吃饱之后，他们很感激也很惭愧，商量了一下，决定还是不能死在这里。因为尽管山高林密，过一段日子，尸体还是会被发现。老人听说了，就会认出他们，那就会痛心失望的。他一生看到的唯一的两个北京人，还是被通缉的坏人。对不起北京也就罢了，他们不能对不起这位善良的老人。

他们从情人崖走了，这一次，更加漫无边际。最后，不知是谁说的，反正是一死，与其我们死在别处，不如就死在家里吧。

他们刚一回到家，就被逮捕了。

她对我说完了这一切，然后问我，你能闻到我身上的怪味儿吗？

我说，我只闻到你身上有一种很好闻的栀子花味。

她惨然地笑了，说，这是一种很特别的香皂，但是味道不持久。我说的不是这种味道，是另外的……就是……你明白我说的是什么……闻得到吗？

我肯定地回答她，除了栀子花的味道，我没有闻到任何其他的味道。

她似信非信地看着我，沉默不语。过了许久，才缓缓地说，今生今世，我再也见不到他了。就是有来生，天上人间苦海茫茫，哪里能碰得上！牛郎织女虽说也是夫妻分居，可他们一年一次总还是能在鹊桥见一面。那是一座多么美丽多么轻盈的桥啊。我和他，即使相见，也只有在奈何桥上。那座桥，桥墩是白骨，桥下流的不是水，是血……

我看着她，心中充满了哀伤。一个女孩子，幼年的时候就

不论是在爱情里，还是在婚姻里，
安全感都要从自己来。
相信自己，
不要把命运寄托在别人身上。
这样，即便有不测，
也不会乱了分寸，不会一错再错。
只要自己安全了，爱情或婚姻就安全了。

遭受重大的生理和心理创伤，又在社会的冷落中屈辱地生活。这一切使得她的心理畸形发展。当年暴徒的一句妄语，居然像咒语一般，控制着她的思想和行为。她慢慢长大，好不容易恢复了一点做人的尊严，找到了一个爱自己的男孩。又因为这种黑暗的笼罩，不但把自己拖进深渊，而且还让自己所爱的人走进地狱。

旁观者清。我们都看到了症结的所在。但作为当事人，她在黑暗中苦苦摸索，碰得头破血流，却无力逃脱那桎梏的死结。

身上的伤口，可能会自然地长好，但心灵的创伤，自行修复的可能性很小。我们能够依赖的只有中性的时间。而有些创伤虽被时间轻轻掩埋，表面上暂时是看不到了，但在深处，依然有深深的窦道。一旦风云突变，那伤痕就剧烈地发作起来，敲骨吸髓地痛楚起来。

我们每个人，都有一部精神的记录，藏在心灵的多宝格内。关于那些最隐秘的刀痕，除了我们自己，没有人知道它陈旧的纸页上究竟滴下过多少血泪。不要乞求它们会自然地消失，那只是一厢情愿的神话。

重新揭开记忆疗治，是一件需要勇气和毅力的事情。所以很多人宁可自欺欺人地糊涂着，也不愿清醒地焚毁自己的心灵垃圾。那些鬼祟也许会在某一个意想不到的瞬间，幻化成形，牵引我们步入歧途。

我们要关怀自己的心理健康，保护它，医治它，强壮它，而不是压迫它，掩盖它，蒙蔽它。只有正视伤痛，我们的心，才会清醒地跳动！

眼药瓶的奥秘

爱能有多大的包容？事实本身和谎言，到底是哪一个摧毁了爱？

渠枫来见我的时候，披头散发，衣帽邋遢。对一个容颜娟秀的女孩子来说，糟蹋自己到了这种地步，可见她遇到了重大的困厄，心灰意懒，已经抛弃自爱，不再珍重。

她一屁股坐下来，从内兜深处掏出一件东西，握在手心，对我说，都是它把我毁了！

我以为那会是一枚珠宝首饰或是一个信物，要么干脆是一封绝交信，没想到在渠枫苍白的缓缓展开的手掌心里，是一只普通的塑料的小眼药瓶。到街上的药店，一块钱可以买回三只。

我细细地观察着这只药瓶。奇怪它有何魔力，竟能把一个青春年华的女大学生，折磨得如此憔悴萎靡？

药瓶基本上是空的，它的底部，有一些暗红色的渣滓沉淀着，好像是油漆的碎片。瓶颈部的封堵已被剪开。之所以特别提到了这一点，是它被剪开的位置，反常地偏下。一般人怕药水大量滴出，瓶尖部的口通常开得很细小。但这只眼药瓶，几乎是从瓶肩部被断开了，瓶颈缩得短短，仅够套上瓶帽。

我看着渠枫。渠枫也看着我。很久很久，沉默如同黑色的幕布，遮挡着我们。终于，渠枫说，你为什么不问我？

我说，我在等你。

渠枫说，等我什么？

我说，你来找我，就是信任我。我等着你把你想要对我说的话，说出来。

渠枫又继续沉默。当我几乎不寄希望的时候，她突然说，好吧，我就把一切都告诉你。

我爱上了申拜，一个并不高大但是很有内涵的男生。有同学说，依你的条件，可以找一个比申拜外形更酷的男孩，申拜矮了些，要知道，身高就是男人的性感喔！我说，我看重的是申拜的内在。注重男子的身高，是农耕社会和游牧民族的习气了，机械欠发达的时候，男人的力气就是他的资本，比如扛麻包挑担子什么的，当然是大个子占便宜。如今到了电子时代，经营决策，敲击电脑，都和身高无关。一个男人能不能给女人幸福，不在身高，在乎内里的质量。

朋友被我驳得两眼如同死鱼，干张着嘴，无话可说。申拜知道了我的观点，对我更是呵护有加体贴入微。他说，我是他交的第一个女朋友，我说，你也是我的……我们的感情很快进展到如胶似漆。一天，我约他到我家玩，父母正好同到外地出差。夜深了，他抱着我说，他忍不住了，想彻底全面地得到我。我急忙推开他的手，说，不……不能……

我看他退开，情绪很伤感，觉得我对他不信任。就急忙安慰他说，不是我不愿意，是我还没做好这个准备。下次吧，好吗？

他很尊重我，就让自己渐渐地平息下去，那一天，我们好说好散了。

没想到他期待中的下次，竟那么快，就是第二天。也许是怕我父母很快就会回来，我们就不容易找到如此安全无干扰的地方了。又是我的小屋，又是子夜时分，我们聊着，却都有些心不在焉，在期待着什么，畏惧着什么，迎接着，又想躲避……

他突然拥着我说，今天，你准备好了吗？

我战战兢兢地回答，准备好了。

我把灯熄灭了。在黑暗中，我们脱掉所有衣服，把彼此还原成伊甸园中的模样。我躺在自己的小床上，看着窗外，觉得自己的床如此陌生，我就要在这张床上，变成申拜的新娘。我看到申拜被月光镀成青铜色的躯体，知道一个关键的时刻即将到来。

申拜的激情越来越蓬勃，我在昏眩中等待。就在箭即将离弦的时候，他突然抬起身体，说，渠枫，你说得对，我们还没有做好准备。既然我们要爱到地老天荒，为什么不能再等几个朝朝暮暮？我保存和尊重你的领土完整，直到婚礼之夜……

我拼命搂住他的身体，不让他离开我，声嘶力竭地叫道：不！申拜，你不能这样！不能！我要你！

但是，没用。申拜是一个自制力非常强的人，他一旦决定了，谁也无法更改。我于是绝望地看着他起身，拧亮电灯……于是，在明亮如昼的灯光之下，他看到了——在我的雪白的床单之上，有一片鲜红的血迹……

这是什么？他大吃一惊。

刚才，床单上还是什么都没有的啊……我干了什么？我什么都没干啊……

申拜惊愕地捶着自己的胸膛，我知道，在他的胸膛里，一颗纯洁的心正在粉碎。

他疯了似的抓住我，歇斯底里地喊道，这是你干的，是你！是不是？

我泪水凄迷地点了点头。这屋子里没有别人，不是我干的，又是谁干的？！

这就是你所说的要做的准备，对不对？你想伪装成一个处女，你作案的工具在哪里？在哪里？！申拜的目光喷吐着蔑视的火焰，嘴唇哆嗦。

我不说。我什么也不说。默默地穿上我的衣服。我看着申拜，如同路人。刚才，我们还在肌肤相亲啊。

申拜在我的房屋里疯狂地寻找，很快，他就在我的床下，找到了这只眼药瓶，里面还有几滴残存的血液。

申拜说，你是处女吗？

我说，我不是处女了。

申拜说，那个人是谁？

我说，是我以前谈过的一个男朋友。我不知道男人为什么要用性这种东西，让女人来证明自己的爱。我那时还小，我不知道说“NO”。当我发现他不可信任的时候，我就离开了他。

申拜捏着这个眼药瓶说，这里面是你的血吗？

我哭了，说，不是。我没有办法把自己的血装进这个小瓶里。如果做得到，我愿用千倍百倍的血来证明我的爱。

申拜毫不为之所动，冷冷地追问，那这是谁的血？

我说，不是谁，是一只鸡。那只鸡是我杀的，它的尸体在垃圾桶里。

申拜说，想不到，你设计得这样周密啊！

我放声痛哭道，我不愿失去你！我知道你在意！我没办法，才想出这个主意。我本来想用现成的猪血豆腐，但那是凝固的，根本就不能流淌了。我后来到了菜场，我想跟人要点鳝鱼血，就说是为了治病，可我还是没法子把它装进小瓶里。后来，我买了一只活鸡。菜贩子说，小姑娘，我替你杀了吧，不多收钱。我说，不，我自己杀！

我从来没有杀过任何活物，包括一只螳螂或是蝴蝶。可是，为了我的爱情，一等回到家，我挥刀就把鸡头斩了下来。鸡血飚射一地，好像谋杀案的现场。我往一只碗里注了冷水，再加了点白醋，然后把鸡血控进去，拼命搅动。我从书上查到，这样血液就不会凝固了。然后我到街上买了几只眼药水。先是开口剪得太小，血好不容易吸进去但又挤不出来，总之很不顺畅。我想熄灯后，留给我操作的时间不会太长，我得速战速决。后来我又把药瓶口子剪得太大了，瓶帽盖不住了。费了半天劲儿才弄得合适了，血吸进去后，一滴不漏。需要的时候，可以很快喷涌而出。一切都计算好了，只是没想到……

申拜双臂交叉，紧紧地抱住自己的肩膀，好像在狂风暴雨中。他冷笑道，你没想到什么？

我说，没想到你有如此坚强的毅力，没想到你那样地珍爱我……

申拜说，珍爱？只可惜，那是以前了。你伤害了我，就什么都不存在了。保存好你的秘密武器吧！

他说着，把这个眼药瓶扔到我床上，扬长而去。

从那以后，我无论打他多少电话，他一概不接。我堵着他，好不容易见到了，也没一个眼神……我太痛苦了，生命已没有价值……渠枫拼命撕扯着自己的头发，没有一点痛觉的模样，好像那是一堆破鱼网。

我看着愁云惨淡的渠枫，再看看那个眼药瓶。药瓶如同一个杀了人的子弹壳，丑陋而污秽。我说，渠枫，你很后悔，你想挽回，你不知从何做起？对不对？

渠枫说，是啊，是啊。快教我怎样办。

我说，你先告诉我，你最伤了申拜心的是什么？

渠枫说，他嫌我不再是处女。

我说，如果真是这个原因，此事已无可挽回。即便你做了修补手术，不似这次露馅，但他已心冷如铁，你无法修补他的记忆。

渠枫想想，又说，他嫌我欺骗他。

我说，一个不诚实的人，确实人见人怕。你怎样才能让申拜认为你从此痛改前非，开始真诚？

渠枫说，我找到他，把我的苦心和忏悔告知他。如果他能

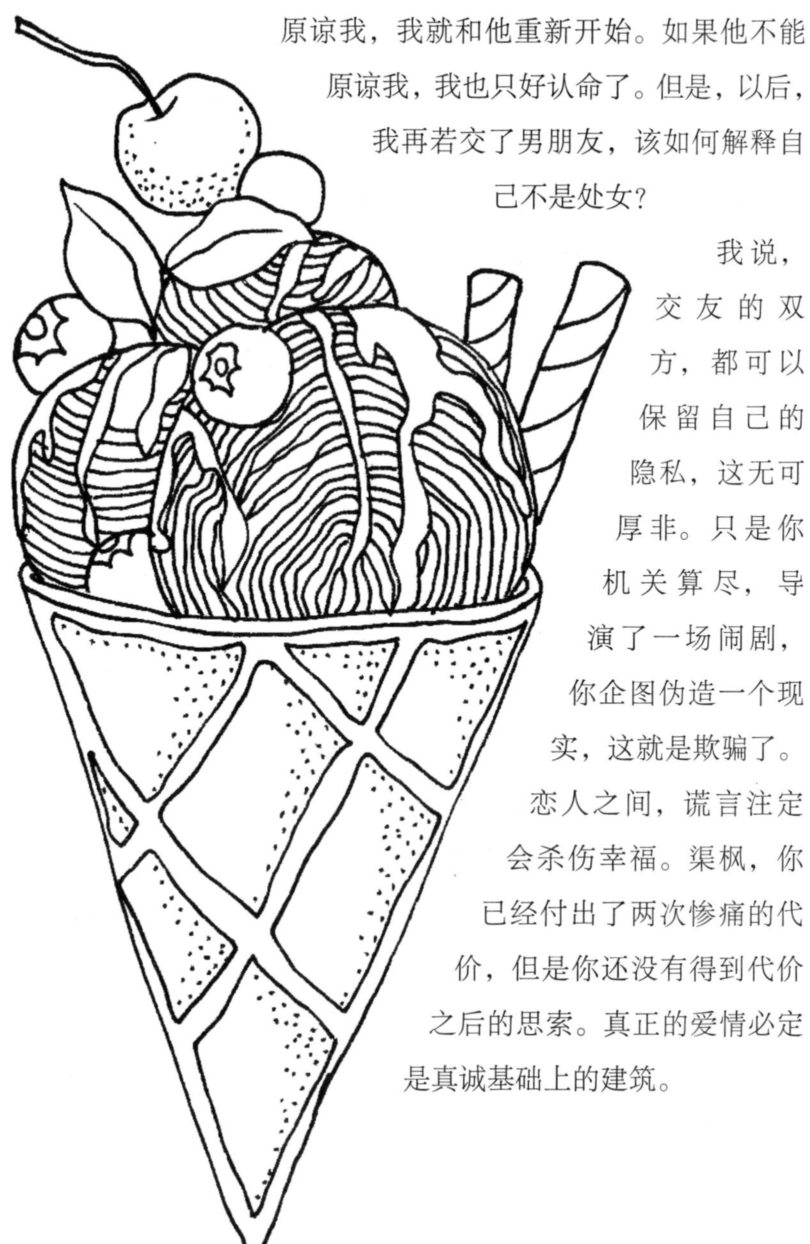

原谅我，我就和他重新开始。如果他不能原谅我，我也只好认命了。但是，以后，我再若交了男朋友，该如何解释自己不是处女？

我说，交友的双方，都可以保留自己的隐私，这无可厚非。只是你机关算尽，导演了一场闹剧，你企图伪造一个现实，这就是欺骗了。恋人之间，谎言注定会杀伤幸福。渠枫，你已经付出了两次惨痛的代价，但是你还没有得到代价之后的思索。真正的爱情必定是真诚基础上的建筑。

失恋，你究竟失去什么

往往我们计较的不是失去那个人，只是因自己得不到而不甘，或者因被否定而懊恼。没有谁离不开谁。

一个身材高大的男青年倚在一个瘦弱的女子身上，踉踉跄跄地走进心理咨询中心。工作人开员以为他患了重病，忙说，我们这里主要是解决心理问题的，如果是身体上的病，您还得到专科医院去看。女子搀扶着男青年坐在沙发上，气喘吁吁地说，他叫霍杰，是我弟弟。我们刚从专科医院出来，从头发梢到脚后跟，检查了个底儿掉，什么毛病都没查出来。可他就是睡不着觉，连着 10 天了，每天 24 小时，什么时候看他，他都睁着眼，死盯着天花板，任啥话也不说。各种安眠药都试过了，丝毫用处都没有。再这样下去，就算什么病也不沾，人也会活活熬死。专科医院的大夫也没辙了，让我们来看心理咨询。求求你们伸出援手，救救我弟弟吧！

姐姐涕泪交流，瞿杰仿佛木乃伊，空洞的目光凝视着墙上的一个油墨点，无声无息。

瞿杰进了咨询室，双手拄着头，眉锁一线，表情十分痛苦。

我说："睡不着觉的滋味非常难受，医学家研究过，一个人如果连续一周不睡觉，精神就会崩溃，离死亡就不远了。”

“你以为是我不愿意睡觉吗？你以为一个人想睡就睡得着吗？你以为我失眠是我的责任吗？你以为我就不知道人总是睡不着觉就会死的吗？”瞿杰突然咆哮起来，用拳头使劲击打着墙壁，因为过分用力，他的指节先是变得惨白，继而充血发暗，好像箍着紫铜的指环。

我平静地看着他，并不拦阻。他需要一个发泄，虽然我暂时还不知道导致他强烈失眠和情绪的原因是什么，但他能够如此激烈表达情绪，较之默默不语就是一个进步。燃烧的怒火比闷在心里的阴霾发酵成邪恶的能量，好过千倍。至于他把怒火转嫁到我身上，我一点也不生气。虽然他的手指指点的是我，唾沫星子几乎溅到了我脸上，指名道姓用的是“你”，似乎我就是令他肝胆俱碎的仇家，但我知道，这是情绪的宣泄和转移，并非和咨询师个人不共戴天。

一番歇斯底里的发作之后，瞿杰稍微安静了一点。我说：“你如此憎恨失眠，一定希望能早早逃脱失眠的魔爪。”

他翻翻黯淡无光的眼珠子说：“这还用你说吗！”

我说：“那咱们俩就是一条战壕的战友了，我也不希望失眠害死你。”

瞿杰说：“失眠是一个人的事情，你就是愿意帮助我，你又有什么用！”

我说：“我可以帮你找找原因啊。”

瞿杰抬起头，挑衅地说：“好啊，你既然说要帮我，那你就说说我失眠到底是什么原因吧！”

我又好气又好笑，说：“你失眠的原因只有你自己知道，你要是不愿意说，谁都束手无策。要知道，失眠的是你而不是我。你若是找不到原因，或是找到了原因也不说，把那个原因像个宝贝似的藏在心里，那它就真的成了一个魔鬼，为非作歹地害你，直到害死你，别人也爱莫能助，无法帮到你。”

瞿杰苦恼万分地说：“不是我不说，是我真的不知道为什么失眠。”

我说：“你失眠多长时间了？”

瞿杰说：“十天。”

我说：“在失眠的时候，你想些什么？”

瞿杰说：“什么都不想。”

我说：“人的脑海是十分活跃的，只要我们不在睡眠当中，我们就会有很多想法。你说你失眠却好像什么都不想，这很可能是因为有一件事让你非常痛苦，你不敢去想。”

瞿杰有片刻挺直了身子，马上又委顿下去，说：“你是有两下子，比那些透视的 X 光共振的核磁什么的要高明一点。他们不知道我脑子里想的是什么，你猜到了。我承认你说得对，是有一件事发生过……我不愿意再去想它，我要逃开，我要躲避。我只有命令自己不想，但是，大脑不是一个好的士兵，它不服从命令，你越说不想它越要想，这件事就像河里的死尸，不停地浮现出来。我只有一个笨办法，就是用其他的事来打岔，飞快地从一件事逃到另外一件事，好像疯狂蔓延的水草，就能把死尸遮挡住了。这法子刚开始还有用，后来水草泛滥成灾，死尸是看不到了，但脑子无法停顿，各种各样的念头在翻滚缠绕，我没有一时一刻能够得到安宁，好像是什么都在想，又像是什么都不想，一片空白……”说到这里，他开始用力捶击脑袋，发出空面袋子的噗噗声。

我表面上镇静，心里还是有点担心，怕这种针对自我的暴力弄伤了他的身体，做好了随时干预的准备。过了一会儿，他打累了，停下来，呼呼喘着粗气。我说：“你对抗失眠的办法就是驱动自己不停地想其他的事情，以逃避那件事情。结果是脑子进入了高速旋转的状态，再也停不下来。你现在能告诉我那件让你如此痛苦不堪的事情，究竟是什么吗？”

他迟疑着，说：“我不能说。那是一个妖精，我好不容易才用五花八门的事情把它挡在门外，你让我说，岂不是又把它召回来了吗？”

我说：“我很能理解你的恐惧，也相信你让自己的大脑，不停地从一个问题跳到另外一个问题，用飞速旋转抗拒恐怖。在最初的阶段，这个没有法子的法子，在短时间内帮助过你，让你暂时与痛苦隔绝。但是，随着时间的延续，这个以折磨取胜的法子渐渐失灵了。你变得疲惫不堪，脑子也没办法进行正常的思维和休息，你就进入了混乱和崩溃，这个法子最终伤害了你……”

瞿杰好像把这番话听了进去，用手撕扯着头发。我不想把气氛搞得太压抑，就开了个玩笑说：“依我看啊，你是饮鸩止渴。”

瞿杰好奇地问：“鸩是什么，渴是什么？”

我说：“渴就是你所遭遇到的那件可怕的事情。鸩就是你的应对方法。如今看来，渴还没能把你搞垮，鸩就要让你崩溃了。渴是要止住的，只是不能靠饮鸩。我们能不能再寻找更有效的法子呢？况且直到现在，你还那么害怕这件事卷土重来，说明渴并没有真正远离你，鸩并没有真正地救了你。如果把这个可怕的事件比作一只野兽，它正潜伏在你的门外，伺机夺门而入，最终吞噬你。”

瞿杰的身体直往后退缩，好像要逃避那只野兽。我握住他的手，给他一点力量。他渐渐把身体挺直，若有所思地说：“您的意思是我们只有把野兽杀死，才能脱离苦海，而不是只靠点起火把敲响瓶瓶罐罐地把它赶走？”

我说：“瞿杰你说得非常对。现在，你能告诉我那只让你非常恐惧的野兽是什么吗？”

瞿杰又开始迟疑，沉默了漫长的时间。我耐心地等待着他。我知道这种看起来的沉默，像表面波澜不惊的深潭，水面下风云变幻，正进行着激烈的思想斗争——说还是不说？

终于，瞿杰张开了嘴巴，舔着干燥的嘴唇说：“我……失……恋了。”

原本我以为让一个英俊青年如此痛不欲生的理由，一定惊世骇俗，不想却是十分常见的失恋，一时觉得小题大做。但我很快调整了自己的思绪，认真回应他的痛楚。心理问题就是这样奇妙，事无大小，全在一心感受。任何事件都可能导致当事人极端的困惑和苦恼，咨询师不能一厢情愿地把某些事看得重于泰山，而轻视另外一些事情，以为轻若鸿毛。唯有当事人的情绪和感受，才是最重要的风向标。

我点点头，说："谢谢你对我的信任。失恋的确是非常令人惨痛的事情，有时候足以让我们颠覆、怀疑整个世界。"

瞿杰说："我没有把这件事告诉任何人。"

我说："你不说，一定有你不说的理由。"

瞿杰说："没想到你这样理解我。你知道我为什么不说吗？"

我老老实实地回答："不知道。如果你告诉了我，我就知道了。"

瞿杰说："你看我条件如何？"

我说："你指的条件包括哪些方面的呢？"

瞿杰说："就是谈恋爱的条件啊。"

我说："每一代人都有每一代人的条件，我的眼光可能比较古旧了，说得不对供你参考。依我看来，你的条件不错啊。"

瞿杰第一次露出了笑容说："岂止是不错，简直就是优等啊。你看我，一米八三的高度，校篮球队的中锋，卡拉 OK 拿过名次，功课也不错，而且家境也很好，连结婚用的房子家里都提前准备了……"

我说："万事俱备只欠东风了。"

瞿杰说："是啊，这个东风就是一位女朋友。"

我说：“你的女朋友究竟是一个怎样的人呢？”

瞿杰说：“人们都以为我的女朋友一定是倾国倾城的淑女，不敢说一定门当户对，起码也是小家碧玉……可我就是让大家大跌眼镜，我的女朋友条件很差，长得丑，皮肤黑，个子矮，家里也很穷，但很有个性……得知我和她交朋友，家里非常反对，我说，我就是喜欢她，如果你们不认这个媳妇，我就不认你们。话说到这个份上，家里也只好默许了。总之，所有的人都不看好我的选择，但我义无反顾地爱她。可是，没想到，她却在十一天前对我说，她不爱我了，她爱上了另外一个人……我以前听说过天塌地陷这个词，觉得太夸张了，就算地震可以让土地裂缝，天是绝对不会塌下来的，但是在那一瞬，我真正明白了什么是乾坤颠倒地动山摇。我被一个这样丑陋的女人抛弃了，她找到的另外一个男人和我相比，简直就是一堆垃圾，不不，说垃圾都是抬举了他，完全是臭狗屎！”

瞿杰义愤填膺，脸上写满了不屑和鄙夷，还有深深的沮丧和绝望。

事情总算搞清楚了，瞿杰其实是被这种比较打垮了。我说：“这件事的意义对于你来说，并不仅仅是失恋，更是一种失败和耻辱。”

瞿杰大叫起来：“你说得对，就像八国联军入侵，我没放一枪一炮就一败涂地丧权辱国。如果说我被一个绝色美女抛弃了，我不会这么懊丧。如果说我被一个高干的女儿或是富商家的小姐甩了，我也不会这么愤慨。或者说啦，如果她看上的是一个美男帅哥大款爵爷什么的，我也能咽下这口气，再不干脆嫁了个离休军长，我也认了……可您不知道那个男生有多么差，我就想不通我为什么会败在这样一个人渣手里，我冤枉啊……”

看到瞿杰把心里话都一股脑地倾倒出来，我觉得这是很好的进展。我说：“我能体会到你深入骨髓的创伤，其实你最想不通的还不是失恋，是在这样的比较中你一败涂地溃不成军！”

瞿杰愣了一下，说：“你的意思是说我的痛苦不是失恋引起来的？”

我说：“表面上看起来，是失恋让你痛不欲生。但是刚才你说了，如果你的前女友找的是一个条件比你好的男生，你不会这么难过。或者说如果你的前女友自身的条件要是更好一些，你也不会这样伤心。所以，我要说，你的失败感和失恋有关，但更和其他一些因素有关。”

瞿杰若有所思道：“你这样一讲，好像也有一点道理。但是，如果没有失恋，这一切都不会发生啊。”

我说：“如果没有失恋，也许不会这样集中地爆发出来，但是恕我直言，你是不是经常在和别人的比较当中过日子？”

瞿杰说：“那当然了。如果没有比较，你怎么能知道自己的价值？”

我说：“瞿杰，这可能就是问题的关键所在了。其实，一个人的价值并不在和别人的比较之中，而是在自己的掌握之中。就拿你自己来当例子，你和十一天以前的你，有什么大的变化吗？”

瞿杰说：“除了睡不好觉，体重减轻头发掉了一些之外，似乎并没有其他的变化。”

我说：“对啊，那么，你对自己的评价有什么变化吗？”

瞿杰说：“当然有了。比如我觉得自己不出色不优秀不招人喜爱前途黯淡了……”

我说：“你的篮球还打得那样好吗？”

瞿杰不解地说：“当然啦。只是我这几天没有打篮球，如果打，一定还是那样好。”

我又说：“你的歌唱得还好吗？”

瞿杰说：“这个没有问题。只是我现在没有心思唱歌。如果唱哀伤的歌儿，也许比以前唱的还好呢。”

我接着说：“你的学习成绩怎样呢？”

瞿杰好像明白了一些，说：“还是很好啊。”

我最后说：“你的个头怎样呢？”

瞿杰难得地笑出声来，说：“您可真逗，就算我几天几夜不吃饭不睡觉，分量上减轻点，骨头儿也不会抽抽啊。”

我趁热打铁说：“对呀，你还是那个你，只是这其中发生了失恋，一个女生做出了她自己的选择……我们还不完全知道她是因为什么做出这样的决定，但你只有接受和尊重这个决定，这是她的自由。两个相爱的人因为种种原因不能走到一起，固然是一个令人伤感的事情，但感情的事情是不能勉强的。世上无数的人经受过失恋，但从此一蹶不振跌倒了就爬不起来的人毕竟有限。瞿杰，我看你面对的并不是担心自己以后找不到女朋友，而是更深处的忧虑。”

瞿杰说：“您说得太对了。寝室的男友知道我失恋的事，总是说，依你的条件这样好，还怕找不到好姑娘吗？别这么失魂落魄的，看哥们下午就给你介绍一个漂亮 MM。他们不知道我心里的苦，并不是担心自己以后找到不老婆，而是想不通为什么会被人行使了否决权，我觉得自己在人格上输光了血本。”

我说：“瞿杰，谢谢你这样勇敢地剖析了自己的内心，失恋只不过是个导火索，它点燃的是你对自己评价的全面失守，你认为女友的离开是地狱之门，从此你人生黑暗。你看到她的新男友，觉得自己连一个这样的人都不如，就灰心丧气全盘否定了自己。”

在长久的静默之后，瞿杰的脸上渐渐现出了光彩，他喃喃地说：“其实我并没有失败。”

我说：“失恋这件事也许已成定局，但是人生并不仅仅是爱情，还有很多重要的事情在等待着你。再说，就是在爱情方面，你也并不绝望，依然有得到纯美爱情的可能性啊。”

瞿杰深深地点头，说：“从此我不会再从别人的瞳孔中寻找对我的评价，我会直面失恋这件事情……”

瞿杰还是被姐姐扶着走出咨询中心的。他的眼睛因为极度的困倦已经睁不开，靠在姐姐肩头险些睡着。大约一个半小时之后，工作人员说瞿杰的姐姐电话找我。我以为瞿杰有了什么新情况，赶紧接过电话。

瞿杰的姐姐说：“我带着瞿杰，现在还在出租汽车上。”

我说：“你们家这么远啊。”

瞿姐姐说：“车已经从我们家门口路过好几次了。”

我说:“那你们为什么像大禹治水一样,路过家门而不入？”

瞿姐姐说：“瞿杰一坐上出租汽车马上就进入了深深的睡眠，睡得香极了，还说梦话，说：我不灰心，我不怕……睡得口水都流出来了，好像一个甜甜的婴儿。这些天他睡不着觉非常痛苦，看到他好不容易睡着了，我不敢打扰他，就让出租车一直在街上兜圈子，绕了一圈又一圈，车费都快 200 块钱了。我怕一旦把他喊起来，又进入无法成眠的苦海。可他越睡越深沉，没有一点醒来的意思，我也不能一直让车拉着他在街上跑。我想问问您，如果把他喊醒下车回家，他会不会一醒过来就又睡不着觉了？我好害怕呀！”

我说：“不必担心，你就喊醒他下车回家吧。如果他还睡不着觉，就请他再来。”

瞿杰再也没有来。

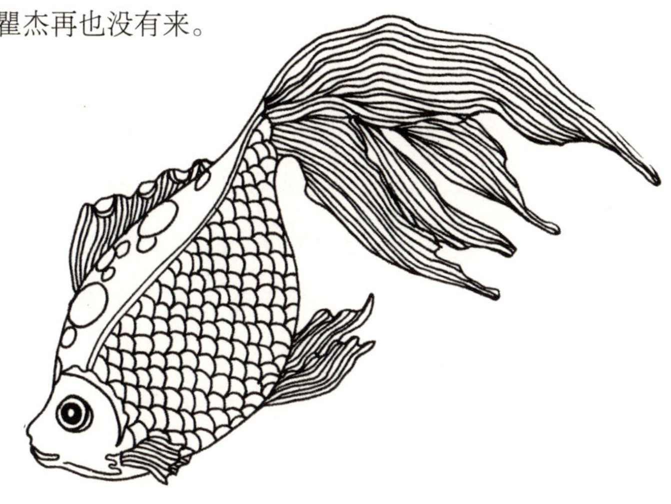

再婚的女人

女人该如何面对不幸？

她是一个再婚的女人，穿着华丽得体，脸上浮动着礼仪性的微笑。看到我，她说，我现在十分幸福。

我们是在一个短暂的会议上结识的，吃饭时，正巧坐到一起。得知了我的职业，她说，晚上我也许会找你聊天。

此刻她来了，在沙发上很端正地坐下，裹着裙子的双膝，有教养地并拢后微微斜倚着，双手交叉抱住胸前，恰到好处地微笑。饭店千篇一律的落地灯，透过冷白的纱罩，从她的侧后上方轻柔地打下来，勾画出她脸庞优雅的轮廓和细致的皱纹。

我真的很幸福。重复地说过这句话之后她松开手臂，从钱夹中拿出一张全家福的照片给我看，一个大男孩和一个小孩子拉着手，一位中年男子，很踌躇满志的样子。她本人，仰望云彩微笑。背景是某游乐园巨大的摩天轮，悬挂着的每一间彩色小屋都紧紧地关着门，像无尽的删节号，在蓝天滑行。

我看了看，依旧什么也没说。

怎么，您不相信我幸福吗？她的声音好像有些气恼了，但笑容仍在。

我依旧沉默。从她进屋这短暂的时间，我不断听到“幸福”这个字眼，以至于让我高度怀疑它的真实性了。真正幸福的人，是不会半夜三更到一个陌生人的房间来倾诉的。当某人反复描述某种情境的时候，多半是他自己对此产生了怀疑。

我稍作解释：幸福不幸福，通常只是当事人内在的感觉，没有统一的标准，也无需别人的肯定。所以，很难说什么……

之后又是长久的沉寂。也许是我的无言更激起了她的讲述欲望。

我是一个离了婚的女人。不是我想离，实在是没办法过下去了。他发了财、搞第三者不说，还在外面和那女人租了房子。刚开始是每天半夜里才回来。我不说什么，总想用自己的温柔来感动他。没想到他一点也不悔改。夜不归宿从每周一天发展到三天四天。后来，干脆住到那里，公开成了一家子。倒把自己真正的家，当成了大车店。那些年，我天天以泪洗面，可我挺坚强的。真的，和谁都不说。我这人自小就要强，不能让旁人看我的笑话。小学中学同学聚会，我全都打扮得漂漂亮亮去，一次也不落，叫谁也看不出我不快活。可是我不能跟他们深谈，从小就待在一块，都是知根知底的人，话一多了，非露馅不成。倘若女友只要问一句，你怎么那么瘦啊？我的眼泪就止不住了……

在那种见不得人的日子里，我忍啊忍的，总想，人心都是肉长的，终有一天，负心的男人会认清这世上谁是真正的贤妻。有一回，他破天荒地早回来了，我还没来得及给个笑脸，他说，你不是成天夸自己多么贤惠吗，今儿考验考验你。那边停电了，洗衣机没法使了，换下的衣服都臭了，你马上给洗出来吧。她可比你讲究，洗净点，晾干了，得熨平……我当时什么话都说不出来，就是你娶了两个老婆，我也算大的，怎么能反过来伺候你们这对狗男女！我把一包脏内衣甩到他身上，转身上了法院。

离了婚，前夫不要孩子，抚养费给的也很少。我发了狠，一定要让女儿过上公主般的生活，让那个男人看一看，没有他，我们活得更有滋有味。话说起来容易，但一个白发悄然上头的女人，钱哪里是容易挣的？后来，我找到了一家卖玩具的公司，那儿是提成制，你卖得多，就能挣得多。人家一看我这么大岁数了，说，卖玩具可是年轻人的事业，得活蹦乱跳的，自己整个是一大玩家，孩子们才会乐意买。您啊，还是去卖个纺织品什么的，兴许还有点收益。他们说得在理，可卖衣料赚得太有限，我得养活孩子啊，就硬着头皮卖起了玩具。一说玩具，您可能就想起积木、空竹什么的，那些太古老了。现在都是高科技的东西，一部动画片放出来，紧跟着上市的玩具，都是那里头有名有姓的玩偶，狂风似的迷倒了无数孩子。干这种玩具商，弄好了是个暴利行当，只不过一般人不大知道内情。销玩具的季节性很强，春节前才热卖，再有就是每年暑假。刨去这两个旺季，就很淡静。孩子们学习紧，考了期中考期末，谁还尽给孩子们买玩具啊。此行中的老手，都跟北方农民似的，干半年闲半年，忙时忙死，闲时骨头生锈。他们干得长了，都有自己的据点，也就是老客户，像一张绳床，织得密密麻麻。

我一个青春不再的女人，哪里插得进去！所以，我刚入行时，收入很可怜。我想，这么下去，我们娘俩离饿死也不远了。我得改换策略。撬别人行的事，我不能干。我没那个本事，能把别人的老关系抢过来。退一万步讲，即便成，我也下不了那个手，叫人戳脊梁的事，咱不能干。后来，淡季来了，大伙都闲着。我想，为什么不能试试呢？生孩子是不分淡季旺季的，每年每一天，都会有孩子过生日。现今的孩子是小皇帝，七大姑八大姨的，都赶来凑热闹。送豪华玩具，是个风光事。我上了年纪，要是直接和买玩具的孩子打交道，肯定不如那些和孩子年龄接近的大娃娃们占优势，但我要是和成年人交往，以一个妈妈的身份出现，那些想给孩子买玩具的亲属们，就容易相信我。这个路数定下来，我就不辞劳苦地跑商场推销订货。我长的模样不像个商人，是个缺陷，其实也是个长处，更容易让别人少戒心，乐意买我推荐的货色，把我看成是一个爱孩子的妈妈……刚开始，口干舌燥啊，说得我都腻烦听见自己的声音了。我把玩具操纵得比任何一个调皮的孩子都更出彩，简直成了一个大顽童。我的业绩开始缓缓上升，有点像盐碱地的果树，刚栽下的时候，带死不活的，真不敢寄什么希望。但慢慢地它扎下根来了，一天比一天有起色，开始挂果子了……

我轻轻摆了摆手。她是个很敏感的女人，立刻把说了半截的话含住了。

我说，我很理解你的努力和艰辛。但是，我们的时间有限，我想你到这里来，恐怕最主要的不是讲你怎么成了好玩具商。我更关心的是你的痛楚。

她的脸一下子变了颜色和形状，瓜子脸痉挛，青色透过脂粉渗出来，颤抖着说，我苦，您怎么看出来的？

我说，是猜的。

她紧咬嘴唇，好像有些东西要自动跳出来，她在做最后抵抗。

我依旧什么也不说，等着她。

过了好半天，她说，好吧，我都告诉您。我干吗上这来？不就是要找个人，把心底的黄连水倒倒吗？要不，我会被自己的过去呛死了。她的语句快而微微颤抖。

后来，我有钱了。挺多，够我们娘俩过日子的。我想找个丈夫了。以前我没钱的时候，不敢找，怕自己条件太差，找不到好的，让女儿也跟着受委屈。现在，有条件了，我也能挑挑别人了。挑了多少人，才挑中了我现在的丈夫。他也是被人抛弃的，我想吃过亏的人，应该更懂得珍惜。他也带着一个男孩，他前妻也是不要孩子的。他没钱，日子像我以前那么苦。总而言之，我俩有那么多相像的地方，同病相怜啊。一见面，我就喜欢上他了。我说，我会给孩子当好后妈的，跟对我的孩子一样好。有我们娘俩吃的，就有你们爷俩吃的。

婚礼我是竭尽所能地办，声势浩大。我把能请的同学都请来了，让他们亲眼看到我的富贵和快乐，并且证明我不是一个贪图财势的女子，我一心追寻的是我的幸福，被人抛弃一次，并没有什么了不起的，我又站起来了。

婚后不久，女儿就对我说，她不喜欢哥哥。她挺乖的，早就改口叫爸叫哥了。我想她一个人待惯了，有个适应的过程。我对男孩格外好，因为不想叫人说我这个后妈偏心。他在学校闹事，我去挨老师的训斥，代他检讨，交罚款。后来他和小流氓打架，把人家的一只眼弄瞎了，人家要把他送去劳教。我吓坏了，心想，没和这家结亲以前，这孩子还没这样，现在出了事，传出去，我还有什么脸啊！于是，啥也不想干了。我跟他说，我的钱没多少了，咱一家四口，要是光花不干，支撑不了多少时间。他不信，说我为了一个不是自己的孩子，都能一下子出那么多钱，不定潜伏着多大的油水呢。

这些我都忍了，心想将就着过吧。我不能再离婚了，离过婚的女人输不起了。你第一次错了，人家还会同情你：你再次错了，人家只有嘲笑你。所有的朋友都以为我过得很好，我无法把真相说出来。

后来，我发现原本跟我无话不谈的女儿，话越来越少，简直就成了哑巴。我问什么她都不说，我知道她恨我把两人之家变成了四人之家。可她就不想想，一个孩子没有爸爸，人家会怎么看？现在，起码这个家表面上是完整的。至于别的事，自己不说，谁也不知道。

我就生活在这样的幻想中，直到有一天，在沙发上发现血迹。我家养了一只猫，我以为是谁叫猫抓了，就嚷嚷起来。那要是得了狂犬病可不得了，赶快到防疫站打针吧！当时只有两个孩子在家，我女儿脸色惨白，但还是什么也不说。那个男孩跪下了，说他把妹妹给强暴了……

我的如花似玉的女儿啊！那一刻，山崩地裂。

我以为我会昏过去，可我没有。我想这事怎么办呢？我要去告官。丈夫知道了，也给我下跪了。说你要是告了，有什么好的？我丢人，我儿子丢人，可你女儿也丢人，你更丢人……你们丢的人更丑更大更多！

那个旺季，我一分钱的玩具也没卖出去，大家都说我是叫幸福泡软了，连活计也不想干了。只有我自己知道，那是怎样的苦海。面对大伙的玩笑，我更是说不出一句真话。丈夫说得也许有理，一切都已是生米熟饭，你告了，什么也不会改变，得到的只是耻笑。还不如自己憋着，好歹在外面还有一份面子，所以……

所以，你就怀揣着全家福的照片，不停地给人看，不停地重复“我很幸福”这样的谎言！我说，心因为怜悯和愤怒而撕裂。她不是我遇到的最悲惨的女人，但却是最自欺欺人的懦弱者。

可不这样，我有什么法子？离过婚的女人输不起啊……她闭上眼睛，有一颗很大的泪珠从一只眼角流下来，另一只的眼角始终干燥。我该怎么办啊？她像母狼一样哀号。

我说，离过婚的女人，可以再离婚。跌倒了的女人，可以原地爬起来。女儿是受害者，丢人的绝不是你们，人为什么要生活在自己编织的谎言里？你口口声声说最爱自己的女儿，可你辜负了她的信任。你是她的保护人，你没有尽到自己的职责！

你纵容了犯罪，你懦弱，你无能，你生活在一个残酷的谎言中，你也在对女儿犯罪……

她终于收起自己的笑容，放声痛哭，泪如雨下。

我所能做的唯一的事，就是不停地给她递纸巾。满地的白纸团触目惊心地滚动着，好像此处降下特大的冰雹。

许久许久，她终于停止了哭泣。我看到一种力量的光芒，闪烁在她因为哭泣而变得真实的脸颊上。

现在，我最该干的是什么？她有些不知所措地看着我。

我说，以你在商场上的征战，我相信你是一个有勇气有智慧的女子。你是一定知道自己该干什么的。

她若有所思，然后喃喃地说，我知道我第一件事该干什么了。

她把那张全家福抽出来，撕得粉碎。指甲因为过度用力，边缘变得毫无血色。相纸裂解成只有玉米粒大小的碎屑，她到卫生间，放水把全家福的尸骸冲走了。

我不幸福，但是我有勇气面对它。临走的时候，她说。

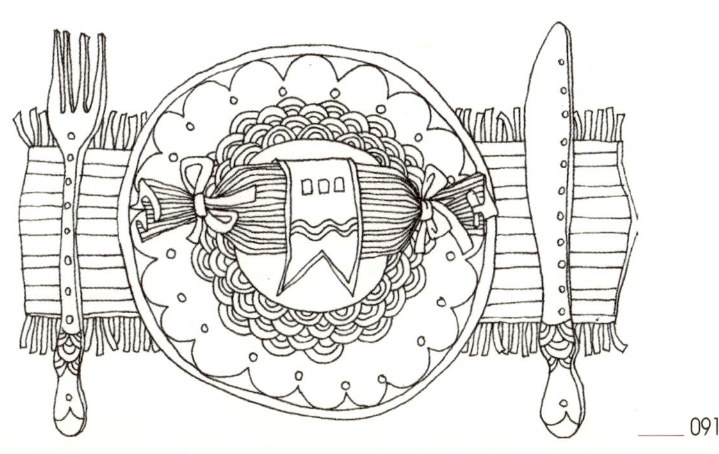

冰雪篱笆

不要让心魔摧毁你的婚姻。

一位男医生对我说，我有一个男病人，说他的妻子是世界上最冰冷的女人，我想请你同她谈谈，不知你能否答应？我一时没反应过来，开玩笑道，世上最冰冷的女人，大概要数《泰坦尼克号》中的罗斯小姐，那种冰海中的长时间浸泡，冻彻肺腑，真乃人间酷刑。

男医生说，喔，不是那种体温上的冰冷。是性的冷淡。经过多方面的探讨，我是束手无策了。转介给你，女性之间的对话，可能较为方便。

我严肃起来道，你先说说她丈夫是怎样求诊的。

医生道，那丈夫说，他和妻子是大学的同学，真是男才女才，男貌女貌啊……

我忙说，停停。请解释。什么意思？绕口令似的。

医生道，是啊，当时我也听得一头雾水，要他说得清楚一点。那丈夫道，这是同学们的评价，意思是说我们两个，就是我和我妻子，都很有才华，相貌也同属上乘。古戏中说的是男才女貌，对我们来说，每个人都有才，也每个人都有貌。若我们两个结合起来，双才双貌，色艺俱佳，那就好事占绝，无往不胜。

我忍不住问道，喔，天下有这样的佳偶，真是难得。依你的眼光看，这做丈夫的说得可确实？

医生笑笑道，我知道你开始介入情况了，想了解一下这对夫妇对现实状态的感觉，是否在常规之内。是的，常常有这种人，自我感觉太好，对自己的评价和对他人的评价，走进了误区。把自己神化把他人妖魔化。如果来人是这种情况，倒比较简单。我仔细观察了这个男子，天庭饱满，地角方圆，谈吐有方，很有学养，合乎法度。只是神色忧郁。看来他对现实的把握是正常的。

我说，那么，他的妻子，你见了吗？

男医生说，见了。正因为见了，才更觉糊涂。他的妻子仪容俏丽，是一个优雅智慧的知识女性，能很开放地同我谈论他们夫妻间的性生活不和谐问题，并说双方到医院做了各项检查，所有的指标都显示正常。

所以，我是没办法了，看你可有什么妙计一安天下。因为我不但从医生的角度，更从一个男人的角度出发，同情理解那个丈夫的苦恼，希望你能和他的妻子开诚布公地谈谈，看是什么症结在阻挠着这位生理上完全正常的女性，无法全身心地爱她的丈夫。

我说，试试吧，我也没有很大的把握。

和那位妻子见面的第一瞬间，我就承认男医生的判断完全正确。这是一位外表看起来无懈可击的正常女性，白领装束，风度翩然。

我说，从哪里开始谈呢？

她说，就从基因开始吧（为了称呼的方便，我就叫她茵）。

我说，为什么从这里开始呢？好像一个生物实验室似的。

茵笑了，说，基因几乎就是我和丈夫结合的红娘啊。

我讶然，问道，这是怎么回事？

她说，您知道，大学是个谈恋爱的好地方。几乎所有杰出还是不怎么杰出的男生女生，都希望在大学的校园里，找到自己的另一半。人们不但自己辛辛苦苦地找着，还用自己的眼光，为别人操劳着。在这方面，人可以说是充满了搭配组合的欲望，甚至有一种游戏和测验的味道。男宿舍和女宿舍经常议论班上谁和谁合适，是半夜三更时分永久的话题。

我和我的丈夫，就是在这种氛围内走到一起的。所有的人，都说——你们是多么般配的一对啊。

是的，不是我自夸，我的容貌和智商，都在女人当中属于上乘。我说这一点，没有炫耀的意思，只是实事求是。

茵说到这里，看着我。我知道需要给她一个回馈，我用力地点点头。不但是出于礼貌，更是出于赞同。

茵接着说下去。

我的先生，也很棒。有句俗话，众口铄金，意思是群众舆论的力量非常大。我相信这句话，人们都说你们合适，熟悉你的人这样说，刚刚认识不久的人也这样说。你的家人这样说，你的仇人也这样说，你就觉得这件事有点神秘，有点宿命，甚至有点在劫难逃。说得人多了，你就有一种顺从感，并在其中感觉安全，以为这是一桩保险的婚姻。

后来，我们果真结婚了。刚开始的时候，我们夫妻生活很幸福，那种滋润有流光溢彩的美容效果，是能够反映到皮肤上的。认识我的人都说，你越来越俏皮了，什么时候添宝宝啊？你们的孩子，一定结合了双方的优点，又聪明又漂亮……

说到这里，茵的目光突然暗淡了。她停顿了片刻，懒懒地说下去。

生了宝宝之后，有一段时间我忙着照料孩子，丈夫也很体谅我，夫妻生活那方面很少要求。后来，请了保姆，孩子有人照料，另居一室。当我们有机会开心地鸳梦重温时，我才突然发现，我所有的兴趣都丧失殆尽，整个人如同枯木死灰。这不是心理上的原因，我爱我的丈夫，我希望他快乐幸福，但是，我身体不听我的指挥，它抗拒厌恶这种活动，像石块一样毫无反应。当时我想，可能是生育的变化，强烈地改变了我的机能，随着时间的推移，就会慢慢恢复。我把这个感受同我丈夫讲了，他通情达理，很理解我，愿意等待我复原。我们就这样等着，试着……但是，至今已经整整七年了，女儿已经从襁褓走进了小学校，但我和丈夫的夫妻生活没有丝毫好转。我已尽了所有的力量，可是身体不是电脑，它不听你的命令，顽强地抵抗着。我身不由己，非常痛苦……

茵讲到这里，停下来，眼巴巴地看着我，希望我能批出一条秘诀。

我看着她，心想：看来，他们夫妻感情上很恩爱，生理上也经过反复测查，排除了器质性疾患，症结究竟在哪里呢？

突然，一个有关时间的概念强烈地提示了我——“生了宝宝之后”。

我说，生了宝宝之后，发生了什么事情呢？

我在心中飞快地假设了多种可能性，没想到茵回答我说，没发生任何事情。当然，有了宝宝，时间比以前紧张，身体操劳了，但是，这都不是决定性因素。你可以看出来，我的身体很好。

是的。我看得出来，她营养状态不错，既不臃肿也不细弱，正是少妇生机勃勃的年华。

我的直觉让我坚持“时间”这个变量。总觉得在这个时段，发生了什么。她的否认，让我感到按着通常的逻辑，似乎不能解释。我细细地回忆着她说过的每一个字，猛然，我想到了对话时，她那个少见的开头——基因。

我说，你相信基因吗？

她苦笑了一下说，又信又不信。

我追问，此话怎讲？

她说，信，是因为那是科学，中国外国的报纸都在讲。龙生龙凤生凤，你不信行吗？要说不信，嗨……我和丈夫的基因都不错……算了算了，不谈了。她万分沮丧地低下了头。

我感到自己正在接近那个谜团的核心。虽然追问下去看起来是一种残忍，但也许正是要害所在。我说，我看你一下子变得垂头丧气的，能否告诉我，这和基因有什么关联吗？

她痛苦地低下了头。由于她的头低得很深，我无法知道她的面部表情。当她再次抬起头，我才看到满脸滂沱泪水。

我说，看到你非常难过，我也很不好受。能告诉我，你想到

30多岁，人还可以追求什么？
我奔忙于学校、家和单位之间，
我是自己、是妻子，是
母亲，是医生，
我认真地笃行着每一个角色，
感受着充实的人生。

了什么？

她吃力地说，不是想到，是看到……第一次看到的时候，我几乎昏了过去。

说着，她从自己精巧的手提包夹层里，掏出一张照片，递给我。

我看到了一个女孩。扁扁头，肿眼泡，塌鼻子，瘪嘴巴，稀疏的头发……天啊，几乎所有女孩子长相上的忌讳，这小姑娘都犯全了。

这是……我迟疑着没敢把话说完整。

是的，这是我的女儿。这就是基因的故事。我和我丈夫的基因都那么卓越，可是组合在一起，怎么就成了这个样子？我恨这种男女结合，它是一种魔鬼的戏法。它能把优秀化成腐朽，它要弄人，它把一种灾难、一种命运的不可知性强加给我，它让我一看到这个孩子，就对性的活动产生了强烈的憎恶感。它是蛇蝎出没的烂泥潭，给你片刻的欢愉，然后是无尽的恐怖和烦恼。直到你沉没了，它却若无其事地站在一旁冷笑。它把瞬间的事情，化成严酷的绵延的后果。把无尽的灾难留给那对无辜的男女，留给那对男女的天真孩子……所以，我要反抗它。我要禁绝它对我的再一次迫害。我用冰雪修建篱笆，严丝合缝，它再也休想钻入。我以所有的力量抵御它的诱惑，我不能承受当我第一次看到这个孩子的丑陋容貌时，所遭受的惨痛的挫败，那一刻，我是世上最绝望的母亲……

我忙插入说，不好意思打断一下，你对女儿怎样？

在这一刻，我真的非常关切那位让母亲大失所望的女儿。

还好。因为我知道这不是她的过错。我不该恨她。要说恨，该恨的是我，是她的父亲，是我和丈夫的这种结合，是制造生命的过程。茵说完紧紧咬着嘴唇。

谈到这里，真相大白了。这位母亲，因为无法接受女儿的容貌，追本溯源，她认为是性的活动导致了男女双方基因的重组，她就在潜意识里抵制夫妻间的性生活。用自己的推理，堆积成一座冰山，把自己冷冻成了“罗斯”。

我说，生命的诞生的确是一个非常复杂的过程。显性遗传隐性遗传，还有许许多多人类无法破解的题目。基因是无罪的，夫妻间的性生活是无罪的，你的女儿也是无罪的。况且，一个人的先天相貌和他后天的发展，也没有完全必然的关系。你的冷漠，归根结底，来源于一种不合理的期望的破灭。你希望有一个美轮美奂的孩子，这可以理解，却不能把它当成百分百的真实。一旦达不到理想，你就把愤怒透射到了夫妻生活。

茵看着我，若有所思的样子。久久，喃喃地说，喔喔，原来，是这样啊。其实，有了现代的避孕工具，悲剧就不会重演。再说，基因的组合，也是人类无法控制的概率……

对女机器人提问

在芜杂的生活中，留一块空间给自己。

在某届博展会上，展出了科学家新近制造出的女机器人。形象仿真容貌美丽，并具有智慧（当然是人们事先教给她的），可以用柔和的嗓音，回答观众提出的各种问题。

在女机器人的耳朵里，装有可把观众所提问题记录下来的仪器。展览结束语之后，经过统计，科学家惊奇地发现，男人所提的问题和女性大不同。

男人们问得最多的是——你会洗衣服吗？你会做饭吗？你会打扫房间吗？

女人们问得多是——你是怎样被制造出来的？你的目光能看多远？你的手有多大劲呢？

看到这则报告之后，我很有几分伤感。一个女人，即使是一个女机器人，也无法逃脱家务的桎梏。在人类的传统中，女性同家务紧密相连。一个家，是不可能躲开家务的。所以，讨论家务劳动，也就成了重要的话题。

家务活灰色而沉闷。这不仅表现在它的重复与繁琐，比如刷碗和拖地，日复一日年复一年味同嚼蜡，更因为它的缺乏创造性。你不可能把瓷盘刷出一个窟窿，也不能把水泥地拖出某种图案。凡是缺乏变化的工作，都枯燥难挨。

更糟糕的是，家务活动在人们的统计中，是一个黑洞。如果你活跃在办公室，你的劳动就进入了人们的视野，被重视和尊敬。但是你用同样的时间在做家务，你好像就是在休息和消遣，一片空白，什么也不曾留下。在我们的职业分类中，是没有“家庭主妇”这一栏的。倘若一个女性专职相夫教子，问她的孩子，你妈妈在家干什么呢？他多半回答：我妈妈什么都不干，她就是在家待着。丈夫回家，发现了某种疏漏，就会很不客气地说，我在外忙得要死，你整天在家闲着，怎么连这么点小事都干不好呢！

在人们的意识中，家务劳动是被故意忽视或者干脆就是藐视的。它张开无言的长满黑齿的巨嘴，把一代代女人的青春年华吞噬，吐出厌倦和苍老。

于是很多女人就在这样的幽闭下，发展出病态的洁癖。她们把房间打扫得水晶般洁净，不允许任何人扰乱这种静态的美丽。谁打破她一手酿造的秩序，她就仇恨谁。她们把自己的家变成了雅致僵死的悬棺，即使是孩子和亲人，也不敢在这样的环境中伸展腰肢畅快呼吸。她们被家务劳动异化成一架机器，刻板地运转着，变成了无生气的殉葬品。

在外工作的女人们更处于两难境地。除了和男性一样承担着工作的艰辛以外，更有一份特别的家务，在每个疲惫的傍晚，顽强地等待着她们酸涩的手指。如果一个家不整洁，人们一定会笑话女主人欠勤勉，却全然不顾及她是否已为本职工作殚精竭虑。更奇怪的是，基本没有人责怪该家的男人未曾搞好后勤，所有的账独算在女人头上。瞧，世界就是如此有失公允。

记得听过一句民谚——男人世上走，带着女人两只手。我觉得不公道。某人的个人卫生，当然应该由他自己负责，干吗要把担子卸到别人头上？为什么一个男人肮脏邋遢，人们要指责他背后的女人？如果一个女人衣冠不整，为什么就没人笑话她的丈夫？在提倡自由平等的今天，家务劳动方面，却是倾斜的天平。

更有一则洗衣粉的广告，让人不舒服。画面上一个焦虑的女人，抖着一件男衬衫说，我的那一位啊，最追求完美。要是衣领袖口有污渍，他会不高兴的……愁苦中，飞来了 ××× 洗衣粉，于是女人得了救兵，紧锁的眉头变了欢颜。结尾部分是洁白挺括的衬衫，套在男人身上，那男人微笑了，于是皆大欢喜。

我很纳闷，那位西装笔挺的丈夫，为什么不自己洗衬衣呢？自己的事情自己做，这难道不是我们从幼儿园就该养成的美德吗？怎么长大了成家了，反倒成了让人服侍的贵人？我的本意不是说夫妻之间要分得那么清，连洗件衣服也要泾渭分明，但基本的权利和义务还是要有个说法。自己的衣服妻子帮着洗了，首要的是感激和温情，哪能因为自己把衣服穿得太脏了洗不净，反倒埋怨劳动者的？是否有点吹毛求疵？再者，你做不做完美主义者可以商榷，但不能把这个标准横加在别人头上，闹得人家帮了你，反倒受指责，这简直就是恩将仇报了。

近年来，在已婚女性当中，流行一种“蜂后症候群”。意思是，一个女人，既要负起繁育后代的责任，又要杰出而强大，成为整个蜂群的领导者，驰骋在天。如果做不到，内心就遗下深深的自责。

女性解放自己，首先要让自己活得轻松快乐。现代社会的发展，让人们有越来越多的时间回到家庭，与亲人独处。一个家的舒适与否，很大程度上决定于家务劳动的质量和数量。作为这一工作的主要从业人员，妇女应该得到更大的尊重和理解。男性也需要伸出自己有力的臂膀，分担家务，把自己的家园建设得更美好更温馨。

在芜杂的 | Life and soul |

生活里，重塑心灵

离太阳最近的树

它们一旦燃烧起来，持续而稳定地吐出熊熊的热量，好像把千万年来，从太阳那里索得的光芒，压缩后爆裂出来。

30年前，我在西藏阿里当兵。这是世界的第三极，平均海拔5000米，冰峰林立，雪原寥寂。不知是神灵的佑护还是大自然的疏忽，在荒漠的褶皱里，有时会不可思议地生存着一片红柳丛。它们有着铁一样锈红的枝干，风羽般纷披的碎叶，偶尔会开出穗样细密的花，对着高原的酷热和缺氧微笑。这高原的精灵，是离太阳最近的绿树，百年才能长成小小的一蓬。在藏区巡回医疗期间，我骑马穿行于略带苍蓝色调的红柳丛中，竟以为它必与雪域永在。

一天，司务长布置任务——全体打柴去！

我以为自己听错了，高原之上，哪里有柴？！

原来是驱车上百公里，把红柳挖出来，当柴火烧。

我大惊，说红柳挖了，高原上仅有的树不就绝了吗？

司务长回答，你要吃饭，对不对？饭要烧熟，对不对？烧熟要用柴火，对不对？柴火就是红柳，对不对？

我说，红柳不是柴火，它是活的，它有生命。做饭可以用汽油，可以用焦炭，为什么非要用高原上唯一的绿色？

司务长说，拉一车汽油上山，路上就要耗掉两车汽油。焦灰炭运上来，一斤的价钱等于六斤白面。红柳是不要钱的，你算算这个账吧！

挖红柳的队伍，带着铁锨、镐头和斧，浩浩荡荡地出发了。

红柳通常都是长在沙丘上的。一座结实的沙丘顶上，昂然立着一株红柳。它的根像巨大章鱼的无数脚爪，缠附到沙丘逶迤的边缘。

我很奇怪，红柳为什么不找个背风的地方猫着呢？生存中也好少些艰辛。老兵说，你本末倒置了，不是红柳在沙丘上，是因为有了这棵红柳，才固住了流沙。随着红柳渐渐长大，流沙被固住的越来越多，最后便聚成了一座沙山。红柳的根有多广，那沙山就有多大。

啊！红柳如同冰山，露在沙上的部分只有十分之一，伟大的力量埋在地下。

红柳的枝叶算不得好柴薪，真正顽强的是红柳强大的根系，它们与沙子黏结得如同钢筋混凝土。一旦燃烧起来，持续而稳定地吐出熊熊的热量，好像把千万年来，从太阳那里索得的光芒，压缩后爆裂出来。金红的火焰中，每一块红柳根，都弥久地维持着盘根错节的形状，好像傲然不屈的英魂。

把红柳根从沙丘中掘出，蓄含着很可怕的工作量。红柳与土地生死相依，人们要先费几天的时间，将大半个沙山掏净。这样，红柳就枝桠遒劲地腾越在旷野之上，好似一副镂空的恐龙骨架。

这里需请来最有气力的男子汉，用利斧，将这活着的巨型根雕与大地最后的联系一一斩断。整个红柳丛就訇然倒下了。

一年年过去，易挖的红柳绝迹了，只剩那些最古老的树灵了。

掏挖沙山的工期越来越长，最健硕有力的小伙子，也折不断红柳苍老的手臂了。于是人们想出了高技术的法子——用炸药！

只需在红柳根部，挖一条深深的巷子，用架子把火药放进去，人伏得远远的，将长长的药捻点燃。深远的寂静之后，只听轰的一声，再幽深的树怪，也尸骸散地了。

我们餐风宿露。今年可以看到去年被掘走红柳的沙丘，好像眼球摘除术的伤员，依然大睁着空洞的眼睑，怒向苍穹。但这触目惊心的景象不会持续太久，待到第三年，那沙丘已烟消云散，好像此地从来不曾生存过什么千年古木，不曾堆聚过亿万颗沙砾。

听最近到过阿里的人讲，红柳林早已掘净烧光，连根须都烟消灰灭了。

有时深夜，我会突然想起那些高原上的原住民，他们的魂魄，如今栖息在云端何处？会想到那些曾经被固住的黄沙，是否已飘撒在世界各处？从屋顶上扬起的尘沙，能否飞得十分遥远？

女儿，你是在织布吗

一个人一辈子，需躲进自己的小屋，不能叫人打搅，也不跟别人说话，坚持不断地织下去，穷毕生精力，才能织出一块“好布”。

正式写作十年以后，当我完成了第一部长篇小说，名为《红处方》。

之前，我一直在踌躇，要不要写长篇小说？它对人的精神和体力，都是一场马拉松。青年时代遭过苦的人，对所有长途跋涉的行动，都要三思而后行。我甚至想过是不是一辈子不写长篇小说？因为有好几位我所尊敬的作家，写完长篇后撒手人寰，使我在敬佩的同时，惊悸不止，最后还是决定写，因为我心中的这个故事，像一颗泡过水的黄豆，不断膨胀着，呼唤着我。

写作也像做衣服，先要有材料。鲁迅先生所说，宁可将小说素材压成速写，不可将作速写的材料拉成小说，讲的便是量体裁衣的规则。在我对生活感受的储存里，有许多材料，它们像一些彩色的布头，每当我打开包袱皮，就闪烁着翻滚着跳到眼前，拼命表现自己，希望早些进入笔下。我总是慢慢地审视着它们，估摸着自己裁剪缝纫的技艺，不敢贸然动手。这其中有一堆素色的棉花，沉实地裹成一团，我数次因了它的滞重而绕过，它又在暗夜的思索中，泾渭分明地浮现。

这就是我在戒毒医院的身感神受，也许不仅仅是那数月间的有限体验。也是我从医二十余年心灵感触的凝聚与扩散。我又查阅了许多资料，几乎将国内有关戒毒方面的图书读尽。

以一位前医生和一位现作家为职业的我，感觉到了一种不可推卸的责任。

我是一个视责任为人职的人。

我决定写这部长篇小说。前期准备完成以后，接下来的具体问题就是——在哪里写呢？古话说，大隐隐于市。我不是高人，没法在北京高分贝的声波中定下心来。便向领导告了假，到了我母亲居住的地方。那是北方的一座小城，并不是我父母的故乡，但他们离休后一直住在那里。父亲最后的时光在那里度过，安息在那片土地上。幽静的院落被一种深沉的暮气索绕，使我的心境浸入一种生命晚期的苍凉。

母亲问我选在家中哪一间房屋写作，按她的意思，是将我安顿在一间大大的朝阳房屋，那是整所住宅中最豁亮的地方。我迟疑着，想象中我未曾落笔的小说，似是一种更为凝重的调子。我最后选定了父亲生前的卧室。自老人仙逝以后，房门紧闭，一种极端的整洁和肃穆凝结在每一立方厘米的空气中。推开门来，是父亲巨大的遗像，关切地俯视着我。正是冬天，母亲说，这屋冷啊。我说，不怕。我希望自己在写作的全过程中，始终感到微微的寒意，它督我努力，促我警醒。

写作长篇小说，并不像我想象的那样可怕。在大约 3 个月的时间里，我日出而作，日落而息，像工厂的工人一般准时，每天以大约 5000 个字的匀速推进着。有不少时候，我很想写得更多一些，汹涌的思绪，仿佛要代替我的手指敲击计算机键盘，欲罢不能。但我克制住自己的激情，强行中止写作，去和妈妈聊天。这不但是写作控制力的需要，更因为我既为人子，居在家中，和母亲的交流就是非常重要的大事。母亲从不问我写的是什么，只是偶尔推开我的房门，不发出任何声响地静静看着我，许久许久。我知道这种探望对她是何等重要，就隐忍了很长时间，但有一天终于耐不住了，对她说，妈，您不能时不时地这样瞧着我。您对我太重要了，您一推门，我的心思就立刻集中到您身上，事实上停止了写作。我没法锻炼出对您的出现置若罔闻的能力……

从此母亲不再看我，只是与我约定了每日三餐的时间，到了吃饭的钟点，要我自动走出那间紧闭的屋子，坐到饭厅。偶尔我会沉浸在写作的惯性中，忘了时辰，母亲会极轻地敲敲门。我恍然大悟地跑出去，才发现母亲守在餐桌旁，菜已凉，粥已冷，馒头不再冒气，面条凝成一坨……我怪她为什么不自己先吃一点，她总是说，你爸爸在的时候，我也总是等他一起吃。

于是母女相对无言。以后的日子，我再不敢丝毫贻误吃饭。

打印出稿纸越积越厚了，母亲有一次对我说，女儿，你是在织布吗？

我说，布是怎样织出来的，我没见过啊。

母亲说，织布女人，要想织出上等的好布来，就得钻到一间像地窖样的房子里，每日早早地进屋，晚晚地才出来，不能叫人打搅，也不跟别人说话。

我说，布难道也像冬储大白菜似的，需遮风避雨不见光吗？

母亲说，地窖里土气潮湿，布丝不易断，织出的布才平整，人心绪不一样，手下的劲道也是不同的。气力有大小，布的松紧也就不相同。人若是能坚持一天不说话，心里的那口气是饱满均匀的，绵绵长长地吐出来，织的布才会像潭水一般光滑。

我凛然一惊。

母亲的话里有许多深刻的道理，可惜我听到它的时候，生平的第一匹长布，已是疙疙瘩瘩地快要织完了。

好在我以后还会不断地织下去，穷毕生精力，争取织出一幅好布，以告慰无微不至关怀我的母亲，告慰父亲九天之上的英灵。

背着药包上学堂

30多岁，人还可以追求什么？我奔忙于学校、家和单位之间，我是自己、是妻子，是母亲，是医生，我认真地笃行着每一个角色，感受着充实的人生。

天下雨。水珠的项链无休止地敲打着窗户，比平时更早地醒了。

从家里到鲁迅文学院，要坐两个小时的公共汽车。两年研究生读下来，往返路程加在一起，抵得上一次长征了。

躺在床上，真希望天永远不要亮。

天没亮，人却要走了。

到处黑洞洞的，便有了半夜鸡叫的感觉。

公共汽车牌下孤零零站着一个人，那是我。整个城市还在睡梦之中。

远远有橘黄色的灯光逶迤而来，渐次将周围晕得一团光明。

车来了，为我一个人停下，我心中便充满温馨和感激。在这风风雨雨的绝早的黎明，几个素不相识的人为了你而忙碌。在他们也许是应该，在我，却有一种对人类之间精巧分工的敬意。

我无法在车上背单词或是记概念。大都市的乘车，是一项重体力劳动。扭头去看大街，城市每天都是新的。雨伞像蘑菇似的滋生在亮晶晶的柏油路面上，骑车人雨衣飘荡，像鸥鸟飞翔。

路走了一半，雨停了。到了换车的地方，风冷冷地像谣言似的自背后袭来。该吃点东西御寒了。

路旁有个女人在卖煎饼。读书这两年来，眼见得她手上的金戒指越来越多，如今右手上已有四个。看她磕鸡蛋，推面糊，手起手落的劳作，心中便很怜悯她。一天操持下来，这许多金属坠落在腕上，便相当于一场举重比赛了。

吃了女人的煎饼，前心背后长了精神。一辆原本挤不上的车，竟贴了进去。

城市是车的沼泽，紧赶慢赶，望到鲁迅文学院白色的教学楼时，恰恰到了上课的时间。

“今儿个晚喽！”看门兼打铃的老师傅，眯眯笑着对我说。

“不——晚！”我急煎煎往楼上跑，顾不得还他一个笑。

“别慌！等你上了楼，我再打铃。”

在文学院读书的日子里，不知可有细心的同学发现了这个秘密。有的早晨，那铃声会晚响一两分钟，陪着我走进教室。

同学们都端坐着，枯燥而温暖。他们在校，以逸待劳，可我的十分神经已耗去了一半。

然而一切才刚刚开始。

我从未正正规规地学过文学，一位主治医师，抛却了自己所熟知的生理病理药理，却学起了陌生的文学美学哲学，扪心自问，是否同自己过不去？三十多岁的女人，离开舒适的房子和温馨的家，在风雨迷蒙的清晨，发缕湿淋淋地赶到这里，究竟是为了什么？

我不知道。

也许这是我冥冥之中的天数，也许这是我人生中必遭的劫难。也许爱好是最好的老师，也许是对死亡的恐惧和对生活的顿悟……

也许什么都不因为，只缘北京师范大学和鲁迅文学院合办的研究生班录取了我！

当学生的就该把学业完成好。

这是上小学一年级时，妈妈对我说过的话。我将铭记终生。

上午的课结束了，大家夹着书籍本册，蜂拥着往楼下走。每逢这一瞬间，我便感动。觉得下了课的我，与半日前去上课的我，已有了某些不同。

午饭吃饺子。白菜馅，只有极少的肉，煮得又轻，菱形块的菜叶，顽强地立在饺子皮里。

吃了饭，背起书包。

“毕淑敏，下午有家编辑部来座谈，你不参加了？”有位同学高声叫喊。

“真抱歉，我得走了！”

真是个恋家的女人。

不知有没有人这样背后指点过我。我不是回家，是去上班。

我是一家有两千工人的工厂卫生所的所长。一边上学，一边上班，整个学生生涯，肩上都背着一具无形的药箱。

一路颠簸。当我就要走进我的卫生所时，我停下脚步，站在天空里，深深地吸了一口气——好像人们要下潜到幽暗的深海前做的准备工作。

我不知道世上可有比我这个所长更小的官，但它却给予我深重的烦难。

下个月需买的药品该造表了……义务献血的名单务必落实……所里两位更年期的大夫吵起来了……领导有了病要到家去诊看……

一个泪水涟涟的女人，坐在我的椅子对面，脸上泥泞不堪。

“所长，我等你已多时。我的丈夫得了癌症……”

我给她倒了杯水，轻轻地推送到她的面前。所有的文学，所有的艺术，都被这女人滂沱的泪水冲向远方。她说得对，我是所长。所长此时该干的事，就是尽量减轻她丈夫的病痛……

住院难，住院难！我得派一个得力的医生去联系此事，也许还得备一份薄礼……

我像一架高速运转的机器，处理着一位所长应当承担的事务。上午那些关于文学的清淡，已像一个神秘遥远的童话。

终于，下班了。

现在，最严重最迫切的问题是：今天晚上全家吃什么？

这是主妇们永恒的命题。我常常面对着这道题踌躇不安。不是因为金钱的拮据，而是靡费不起时间。

在背着课本和工作总结的书包里，再塞进去一把菜豆角。

一边做饭，一边背我的单词。

一边炒菜，一边记一个概念。

我不是一个优秀的学生，但我是一个用功的学生。

晚饭以后的时间，是属于我的儿子的。既然我把他带到这个世界上，总还要扶上马再送一程，教他怎样长大，怎样做人。

夜色终于把所有的空气都染黑了。躺在床上，伸直百骸，只听得所有的骨节都喀吧作响，好像它们就要在某处断裂。小时候听人说，骨头响是要长个了。

枕头好像是薄荷做的，不催人入眠，反令人警醒。一个萤火虫似的光亮从远处飞来，闪烁着精灵一般的色彩。

这是什么？

这是一篇小说最初的种子，竟在这样的疲惫困倦之中，诚实地谦逊地来拜访我了。

我在暗夜中睁着眼睛，看见它埋进记忆的梯田里，在干旱与贫瘠中，顽强地生长着，抽出柳条一般的叶，开出星星点点火苗一般灿烂的花……

芒果女人

“我没有什么本事，没有很多报效国家的能力。我只是一个家庭妇女，我只有让你们从我看似乖张的举动里，感觉到这世上有一个更合理的标准存在着，可以学习借鉴。”

身边的琐事标志着文明的水准。我们流泪，有多少是为了远方的难民？基本上都是因为眼睛里进了沙子。

小学同学艨从北美回来探亲，因国内已无亲属，她要求往日同伴除了叙旧以外，就是陪她逛街购物吃饭，于是大家排了表，今日是张三明日是李四，好像医院陪床一般，每天与她周游。

艨走了。回到她入了国籍的异国。我们聚在一起，谈论最多的竟是艨的消费观。

艨的先生在外发了财，艨家有花园洋房游泳池，艨的女儿在读博士，艨真是吃穿不愁。可是艨依然很朴素，就像当年在乡下插队时一般。艨说，我这么多年主要是当家庭妇女，每日修剪草坪和购物。要说有什么本领，就是学会了如何当一名消费者。

我们打趣她说，当消费者吗，最主要的是得有钱。

艨说，中国的商家已经学会了赚钱，可很多人还不知道钱要赚得有理。中国老百姓也已经知道了钱可以买来服务，可这服务是什么质量的，心里却没数。

和艨乘出租汽车。司机一边开车，一边用打火机引着了烟。艨对我说，你抽烟吗？我偏头躲着烟雾说，不抽。艨说，我也不抽。然后是寂静，只有发动机的震颤声。等了一会儿，艨对司机说，师傅，我本来是想委婉地提醒你一下，没想到您不察觉。那我就得明说了，请您把烟熄了。司机愣了一下，好像没听懂她的话，想了想，还算和气地说，起得早，困。抽一支，提提神。我这车，不禁烟，没看不贴禁止吸烟的标志吗？

艨说，这跟禁烟标志无关，而是您抽烟并没有得到我们的允许啊。

司机方向盘一个急转弯，说，新鲜。抽烟这事，连老婆都管不着我，干吗要得到你们的允许？

艨说，你老婆给你钱吗？

司机说，新鲜。我老婆给我什么钱？是我给她钱，养家糊口。

艨沉着地说，这就对了。你老婆和你是私事，你可听也可不听。我们出了钱，从上车到目的地这段时间内，买了你的车也买了你的服务。我们是你的雇主，你在车内吸烟，怎能不征询主人的意见呢？

我捏了一把汗，怕司机火起来，没想到他捏着烟想了半天，把长长的烟蒂丢到车窗外面了。过了一会儿，司机看看表，把车上的收音机打开，开始听评书连播《肖飞买药》。音波起伏，使车内略显尴尬的气氛，得到某种稀释。

艨的眉头皱起来，这一次，她不再旁敲侧击，径直说，师傅，我心脏不好，不能听这种激动的声音。请您关闭音响。

司机旧恨新仇一起发作，恨恨地说，怎么着？这评书我是每天都听的，莫非今天拉了你，就得坏了我的规矩，让我不知道肖飞是怎么从鬼子眼皮底下逃出去的？你这个女人脑子有毛病！

我虽从感情上向着艨，但司机的话也不无道理。别说肖飞还是有趣的故事，赶上毛头司机让你听汗毛都炸起的摇滚，不也得忍了吗？我忙打圆场说，师傅，我这位朋友爱静，就请您把喇叭拧小点，大家将就一下吧。

没想到首先反对我的是艨。她说，这不是可以将就的事。师傅愿意听《肖飞买药》，可以。您把车停了，自个坐在树荫下，爱怎么听就怎么听，那是你的自由。既然您是在从事服务性的工作，就得以顾客为上帝。

司机故意让车颠簸起来，冷笑着说，怎么着？我就是听，你能把我如何？说完把声音扩到震耳欲聋。

艨毫不示弱地说，那你把车停车，我们下车！

司机说，我就不停，你有什么办法？莫非你还敢跳车？

艨坚定地说，我为什么要跳车？我坐车，就是为了寻求便利。我付了钱，就该得到相应的待遇，你无法提供合乎质量的服务，我就不付你报酬。天经地义的事情，走遍天下我也有理。

我以为司机一定会大怒，把我们抛在公路上。没想到在艨的逻辑面前，他真的把收音机关了，虽然脸色黑得好似被微波炉烘烤过度的虾饼。

司机终于把我们平安拉到了目的地。下车后，我心有余悸，艨却说，这个司机肯定会记住这件事的，以后也许会懂得尊重乘客。

吃饭时落座艨挑选的小馆，她很熟练地点了招牌菜。艨说此次回国，除了见老朋友，最重要的是让自己的胃享享福，它被洋餐折磨得太久太痛苦了。菜上得很快，艨好像是自己的厨艺，一个劲地劝我品尝。我一吃，果然不错，轮到艨笑眯眯地动了筷子，入了口，脸上却不是颜色，召来小姐。

你们掌勺的大厨，是不是得了重感冒？不舒服，休息就是，不宜再给客人做饭的。艨很严肃地说。

穿中式对襟小袄的年轻服务员莫名其妙，支吾着说，这个……我不清楚……

艨说，不清楚，去看看不就清楚了吗？又不是出国，还要护照和签证。

小姐一路小跑去了操作间，很快回来报告说，掌勺的人很健康，没有病的。她一边说着，一边脸上露出嫌艨多此一举的神色。

我也有些怪艨，你也不是防疫站的官员，管得真宽。忙说，快吃快吃，要不菜就凉了。

艨又夹了一筷子菜，仔细尝尝，然后说，既然大厨没生病，那就一定是换了厨师。这菜的味道和往日不一样，盐搁得尤其多。我原以为是厨师生了感冒，舌苔黄厚，辨不出咸淡，现在可确定是换了人。对吗？她征询地望着小姐。

小姐一下子萎靡下来，又有几分佩服地说，你的舌头真是神。大厨今天有急事没来，菜是二厨代炒。真对不起。

小姐的态度亲切可人，我觉得大可到此为止。不想艨根本不吃这一套，缓缓地说，在饭店里，是不应该说“对不起”这几个字的。

小姐不解，一脸无辜的天真问，老板教导我们说，凡是顾客不满意的时候，我们就要说“对不起”。

艨说，如果我享受了你的服务，出门的时候，不付钱，只说一声“对不起”，行吗？

小姐不语，答案显然是否定的。

艨循循善诱地说，在你这里，我所要的一切都是付费的。用“对不起”这种话安慰客人，不作实质的解决，往轻点说是搪塞，重说就是巧取豪夺。

这时一个胖胖的男人走过来，和气地说，我是这里的老板，你们的谈话我都听到了，有什么要求，就同我说吧。是菜不够热，还是原料不新鲜？您要是觉得口感太咸的话，我这就叫厨房再烧一盘，您以为如何？

我想，艨总该借坡下驴了吧。没想到艨说，我想要少付你钱。

老板压着恼火说，菜的价钱是在菜谱上明码标的，你点了这道菜，就是认可了它的价钱，怎么能吃了之后杀价呢？看来您是常客，若还看得起小店，这道菜我可以无偿奉送，少收钱却是不能开例的。

艨不慌不忙地说，菜谱上是有价钱不假，可你那是根据大厨的手艺定的单，现在换了二厨，他的手艺的确不如大厨，你就不能按照原来的定价收费。因为你付给大厨的工钱和付给二厨的工钱是不一样的。既然你按他们的手艺论价，为什么到了我这里，就行不通了呢？就好像我原来要买的是一级品，你并不告知我一级品无货，擅用二级品替代，被我察觉了出来，还要收我同样多的钱，您以为是否合理呢？

话被艨这样掰开揉碎一说，理就是很分明的事了。于是艨达到了目的。

和艨进街上的公共厕所，艨感叹地说，真豪华啊，厕所像宫殿，这好像是中国改变最大的地方。门口看守大妈收了钱，递给我们一打污黄的草纸。艨摆摆手，表示自备了。老人很高兴地把纸重新放回去，预备发给下一个人。

中国的女厕所总是供不应求，每一扇洗手间的门都是紧闭着，女人们站在白瓷砖地上，看守着那些门，等待轮到自己的时刻。

我和艨各选了一列队伍，耐心等待。我的那扇门还好，不断地开启关闭，不一会就轮到了我。艨可惨了，像阿里巴巴不曾说出“芝麻开门”的口诀，那门总是庄严地紧闭着。我受不了气味，对朦说了声我到外面去等你啊，便撤了出去。等了许久，许多比朦晚进去的女人都出来了，朦还在等待……等朦终于解决问题了以后，我对朦说，可惜你站错了队啊。

朦嘻嘻笑着说，烦你陪我去找一下公共厕所的负责人。

我说，就是门口发大便纸的老大妈。朦说，你别欺我出国多年，这点规矩还是记得的。她管不了事。我要找一位负责公共设施的官员。

我表示爱莫能助，不知道这类官司是找环保局，还是园林局（因为那厕所在一处公园内）。朦思索了片刻，找来报纸，毫不犹豫地拨打了上面刊登的市长电话。

我吓得用手压住电话叉簧，说朦你疯了，太不注意国情！

朦说，我正是相信政府是为人民办事的啊。

我说，一个厕所，哪里值得如此兴师动众？

朦说，不单单是厕所。还有邮局、银行、售票处，等等，中国凡是有窗口和门口的地方，只要排队，都存在这个问题。每个工作人员速度不同，需要服务的人耗时也不同，后面等待的人不能预先获知准确信息。如果听天由命，随便等候，就会造成不合理、不平等、不公正……关于这种机遇的分配问题，作为个人调查起来很困难，甚至无能为力。比如我刚才不能一个个地问排在前面的女人，你是解大手还是解小手，以确定我该排在哪一队后……

我说，朦你把一个简单的问题说得很复杂，简明扼要地告诉我，你打算在厕所里搞一场什么样的革命？

艨说，要求市长在厕所里设条一米线，等候的人都在线外，这样就避免了排错队的问题，提高效率，大家心情愉快。北美就是这样的。

我说，艨，你在国内还会上几次公共厕所？还会给谁寄钱或取邮件？我们浸泡其中都置若罔闻，你又何必这样不依不饶？你已是一个北美人，马上就要回北美去，还是到那里安稳享受你的厕所一米线吧。

艨说，这些年，我在国外，没有什么本事，就是买买东西上上街。我不像别的留学生回国，有很多报效国家的能力。我只是一个家庭妇女，觉得那里有些比咱高明的地方，就想让这边学了来。这几天，我让你们陪我，是想让你们明白我的心。我不是英雄，没法振臂一呼，宣传我的主张。也不是作家，不会写文章，让更多的人知道我的想法。我只有让你们从我看似乖张的举动里，感觉到这世上有一个更合理的标准存在着，可以学习借鉴。

我感动于艨的苦心，但还是说，就算你说得有理，这些事也太小了。要知道中国有些地方连温饱都没有解决啊。

艨说，我对中国充满信心。温饱解决之后，马上就会遭遇这些问题。对于普通人来说，我们流泪，有多少是为了远方的难民？基本上都是因为眼睛里进了沙子。身边的琐事标志着文明的水准。现代化不是一个空壳，它是一种更公正更美好的社会。

我把压在电话叉簧之上的手指松开了，让艨去完成找市长的计划。那个电话很长，艨讲了许多她以为中国可以改进的地方，十分动情。

分手的时候，艨说，有些中国人在国外入了籍以后，标榜自己是个“香蕉人”，意思自己除了外皮是黄色的，内心已变得雪白。而我是一个芒果人。

我说，芒果人，好新鲜。怎么讲？

艨说，芒果皮是黄的，瓤也是黄的。我永远爱我的祖国。

年龄的颜色

从出生到老去，人的年龄可以有几种颜色来形容？

如果在词语上涂抹颜色，把红色比作褒奖，把黑色比作贬斥，婴儿的诞生就是一枚艳丽的圣女果铿锵落下，年龄调色盘就此开始旋转。

幼儿无疑是樱红色的，皮肤水嫩吹弹得破，胎毛柔软双眸晶亮，对成年人的依偎更使长辈人在辛苦的同时，感到被信任的幸福和施与哺育的责任。当一个幼儿长成少年，他们开始反叛和桀骜不驯，但眼光依然秋水般明澈，恣肆汪洋之下依然是可爱的探索和希冀。

如果说到青年人的颜色，我想是金红色的吧？不仅仅是红，而且有了逼人的光芒和灼热的火焰，有炫目和烘烤之感。对于中年人……注意，当我们说到这个词的时候，会不由自主地把音速放缓，深深地吸进一口气。我们会感到平稳和力量，会感到深厚的功力和外柔内刚的主动。用颜色作比方，此时的他们是沉静而内敛的枣红色，有了一点点不易察觉的黑色潜藏其中，恰到好处，让红有了滑利的平台和根脉的喷张。随着年龄渐增渐长，调色盘中的红色悄悄地隐没，黑色如荒草蔓延滋生。他们颊上的光润，无可挽回地凋落了，血脉开始干涸。雪白的牙齿无论怎样保护，已出现松动和脱落。漆黑的须发无论怎样濡养，也躲不过秋霜的点染。矫健的双腿注入了滞涩的尘锈，锐利的双眸需要借助镜片的帮忙才能看清书本……他们无可逆转地进入了老年，沉暗的黑幕跳着优雅的华尔兹，温和地不动声色地蚕食着红色的舞台，旋转着将你带到遥远的天际，那里有星星点点的光芒、如银的残月和无边的静夜……

这不是一个悲观的预测，而是一个透明的事实。如果让我更赤裸裸地说出真实，那就是这个规律对于女人来讲，更坚定和不容商榷。如晦的黑色会更早地出现，娇嫩的红色会更快地淡隐。什么美容整容化妆，都遮盖不了本质的嬗变。当绯红退潮酱黑涌入的时候，有一个专用名词，这就是“更年期”。我觉得这个名词起得挺妙——变更年龄的时期。追本溯源，什么年龄变更了呢？是一个女人从生殖的年龄变到丧失了这种功能。

这在远古，一定是一个令女子非常害怕的改变。对于种族和家系的繁衍，她已归零。生产力低下的时代，繁殖的本能，是女性赖以生存的极为重要的资源。更不消说，由于激素的变化，她的身体内部引起了一系列陌生的信号，令她震惊和不适。她有可能暴躁和哭泣，会面部潮红情绪波动，会减低了劳动的能力甚至难以与人和谐相处……凡此种种，现代科学将之冷静地归纳在一起，打了一个大大的文件包，名曰“更年期综合征”。

更年期综合征是一组症状，在已知的疾病里面，它既不是最难治的，也不是最严重的。不像非典或禽流感，它不传染。

所有不曾早夭的女人差不多都会被它淋湿一遭。在某种程度上说，症状如不剧烈，它几乎不能算是一种病，只能说是一个生理阶段，有一种广义上的必然。据现代科学研究，男性也会有“更年期”，体内的激素也会低落和衰减，难逃生殖机能从衰减趋向沉默的恢恢法网。

有趣的是，你可以观察，大多数人，尤其是年轻人，在谈起“更年期”的时候，嘴都会不由自主地撇一下，以表达不屑和厌恶。或者说，当他们具体针对某个人的时候，由于关系的紧密和礼节的顾忌，这种情感还比较收敛的话，当这个名称抽象起来，成为单纯的标签时，这种轻漠和鄙弃将表达得十分充分和无所顾忌。

年龄上的傲慢，是进化中的化石。现代科技与文明，已经大大地延续了人类的年龄，但那些来自远古的律令，依然盘踞在我们意识的岩缝里根须缠绕。

在动物世界，过了盛年的个体，就滑到了边缘和死亡，某些物种，完成繁殖之后，几乎立刻结束了生命，把尸身盛在盘子里变作后代的佳肴。人是一个例外，这个例外由于科技的助力，变得更加凸出了。但我们在意识层面之下对于古老法则的延展，却还是根深蒂固的。

有人说，提出了问题就等于解决了一半。在年龄歧视这方面，我可不乐观。提出问题不是解决了一半，仅仅是觉察而已。

我不喜欢的中年人

人还没老，心就先老去的人，是不是你也算一个？在与时间的赛跑里，你为什么要那么早投降放弃？

我不喜欢总爱说自己年轻的中年人，那是对一个人基本的组成部分——年龄的不敬。年龄是生命的坐标，好似一个中学生，一年年读书，一年年升级。明明要进大学了，却要蹲班二年级，不很相宜吧？

我不喜欢总爱话说沧桑的中年人，疑那里面隐含着虚荣的夸耀和无奈的凄凉。经历是一个事实，总挂在嘴边，就成了邮寄过时的请柬，除了一笺华美或是简陋的纸，已无出席的意义。

我不喜欢好为人师的中年人。你已多少有些教诲他人的资本，仿佛家有薄粮的下中农。但目前最要紧的活儿，是感天谢地祈人和，把自己地里的麦子种好，不要对着广阔的田野指手画脚。

我不喜欢唉声叹气的中年人。你可以放声哭泣，却不要长久地抑郁。不妨和三五好友深情倾诉，之后把泪抹干，微笑向前。

当我们一无所有的时候，
我们也能够说：我很幸福。
因为我们还有健康的身体。
当我们不再享有健康的时候，
那些最勇敢的人可以依然微笑着说：我很幸福。
因为我还有一颗健康的心。
甚至当我们连心也不再存在的时候，
那些人类最优秀的分子仍旧可以对宇宙大声说：
我很幸福。
因为我曾经生活过。

我不喜欢惧怕衰老的中年人，以你的经验，已知那是不可逃避的天然。别装烂漫，别故意显示身手敏捷头脑不凡，懂得渐渐消失并欣然迎接老迈是一种成熟的光荣。

我不喜欢停顿学习的中年人。学习和年龄没有关系，只和心智相连。明白了书本如同钙质，幼儿需要老年人需要，中年人也需要的时候，你就心平气和地眷恋它了。

何时才能外柔内刚

危而不惧，怨而不怒，惊而不乱，从容平和，优雅笃定，是女人一生应该修炼的气质。

在咨询室米黄色的沙发上，安坐着一位美丽的女性。她上身穿着宝蓝色的真丝绣花 V 领上衣，衣襟上一枚鹅黄水晶的水仙花状胸针熠熠发亮。下着一条乳白色的宽松长裤，有一种古典的恬静花香一般弥散出来。服饰反射着心灵的波光，常常从来访者的衣着中就能窥到他内心的律动。但对这位女性，我着实有些摸不着头脑。她似乎是很能控制自己的情绪，安宁而胸有成竹，但眼神中有些很激烈的精神碎屑在闪烁。她为何而来？

您一定想不出我有什么问题。她轻轻地开了口。

我点点头。是的，我猜不出。心理医生是人不是神。我耐心地等待着她。我相信她来到我这儿，不是为了给我出个谜语来玩。

她看我不搭话，就接着说下去。我心理挺正常的，说真的，我周围的人有了思想问题都找我呢！大伙儿都说我是半个心理医生。我看过很多心理学的书，对自己也有了解。

她说到这儿，很注意地看着我，我点点头，表示相信她所说的一切。是的，我知道有很多这样的年轻人，他们渴望了解自己也愿意帮助别人。但心理医生要经过严格的系统的训练，并非只是看书就可以达到水准的。

我知道我基本上算是一个正常人，在某些人的眼中，我简直就是成功者。有一份薪水很高的工作，有一个爱我、我也爱他的老公，还有房子和车，基本上也算是快活。可是，我不满足。我有一个问题——就是怎样才能做到外柔内刚？

我说，我看出你很苦恼，期望着改变。能把你的情况说得更详尽一些吗？有时，具体就是深入，细节就是症结。

宝蓝绸衣的女子说，我读过很多时尚杂志，知道怎样颔首微笑怎样举手投足。你看我这举止打扮，是不是很淑女？我说，是啊。

宝蓝绸衣女子说，可是这只是我的假象。在我的内心，涌动着激烈的怒火。我看到办公室内的尔虞我诈，先是极力地隐忍。我想，我要用自己的善良和大度感染大家，用自己的微笑消弭裂痕。刚开始我收到了一定的成效，大家都说我是办公室的一缕春风。可惜时间长了，春风先是变成了秋风，后来干脆成了西北风。我再也保持不了淑女的风范。开业务会，我会因为不同意见而勃然大怒，对我看不惯的人和事猛烈攻击，有的时候还会把矛头直接指向我的顶头上司，甚至直接顶撞老板。出外办事也是一样，人家都以为我是一个弱女子，但没想到我一出口，就像上了膛的机关枪，横扫一气。如果我始终是这样也就罢了，干脆永远的怒目金刚也不失为一种风格。但是，每次发过脾气之后，我都会飞快地进入后悔的阶段，我仿佛被鬼魂附体，在那个特定的时辰就不是我了，而是另一个披着我的淑女之皮的人。我不喜欢她，可她又确确实实是我一部分。

看得出这番叙述让她堕入了苦恼的渊薮，眼圈都红了。我递给她一张面巾纸，她把柔柔的纸平铺在脸上，并不像常人那般上下一通揩擦，而是很细致地在眼圈和面颊上按了按，怕毁了自己精致的妆容。待她恢复平静后，我说，那么你理想中的外柔内刚是怎样的呢?

宝蓝绸衣女子一下子活泼起来，说我给你讲个故事吧。那时我在国外，看到一家饭店冤枉了一位印度女子，明明道理在她这边，可饭店就是诬她偷拿了某个贵重的台灯，要罚她的款。大庭广众之下，众目睽睽的，非常尴尬。要是我，哼，必得据理力争，大吵大闹，逼他们拿出证据，否则绝不罢休。那位女子身着艳丽的纱丽，长发披肩，不温不火，在整个两个小时的征伐中，脸上始终挂着温婉的笑容，但是在原则问题上却是丝毫不让。面对咄咄逼人的饭店侍卫的围攻，她不急不恼，连语音的分贝都没有丝毫的提高，她不曾从自己的立场上退让一分，也没有一个小动作丧失了风范，头发丝的每一次拂动都合乎礼仪。

那种表面上水波不兴骨子里铮铮作响的风度，真是太有魅力啦！宝蓝绸衣女子的眼神充满了神往。

我说，我明白你的意思了，你很想具备这种收放自如的本领。该硬的时候坚如磐石，该软的时候绵若无骨。

她说，正是。我想了很多办法，真可谓机关算尽，可我还是做不到。最多只能做到外表看起来好像很镇静，其实内心躁动不安。

我说，当你有了什么不满意的时候，是不是很爱压抑着自己？宝蓝绸衣女子说，那当然了。什么叫老练，什么叫城府，指的就是这些啊。人小的时候天天盼着长大，长大的标准是什么？这不就是长大嘛！人小的时候，高兴啊懊恼啊，都写在脸上，这就是幼稚，是缺乏社会经验。当我们一天天成长起来，就学会了察言观色，学会了人前只说三分话，未可全抛一片心。风行社会的礼仪礼貌，更是把人包裹起来。我就是按着这个框子修炼的，可到了后来，我天天压抑着自己的真实情感，变成了一个面具。

我说，你说的这种苦恼我也深深地体验过。在阐述自己观点的时候，在和别人争辩的时候，当被领导误解的时候，当自己一番好意却被当成驴肝肺的时候，往往就火冒三丈，也顾不得平日克制而出的彬彬有礼了，也记不得保持风范了，一下子义愤填膺，嗓门也大了，脸也红了。

听我这么一说，宝蓝绸衣的女子笑起来说，原来世上也有同病相怜的人，我一下子心里好过了许多。只是后来您改变了吗？

我说，我尝试着改变。情绪是一点一滴积累起来的，我不再认为隐藏自己真实的感受，是一项值得夸赞的本领。当然了，成人不能像小孩子那样，把所有的喜怒哀乐都写在脸上，但我们的真实感受是我们到底是一个怎样的人的组成部分。如果我们爱自己，承认自己是有价值的，我们就有勇气接纳自己的真实情感，而不是笼统地把它们隐藏起来。一个小孩子是不懂得掩饰自己的内心的，所以有个褒义词叫做“赤子之心”。当人渐渐长大，在社会化的过程中，学会了把一部分情感埋在心中。在成长的同时，也不幸失去了和内心的接触。时间长了，有的人以为凡是表达情感就是软弱，要把情感隐蔽起来，这实在是人的一个悲剧。

我们的情感，很多时候是由我们的价值观和本能综合形成的。压抑情感就是压抑了我们心底的呼声。中国古代就知道，治水不能“堵”，只能疏导。对情绪也是一样，单纯的遮蔽只能让情绪在暗处像野火的灰烬一样，无声地蔓延，在一个意想不到的地方猛地蹿出凶猛的火苗。这个道理想通之后，我开始尊重自己的情绪，如果我发觉自己生气了，我不再单纯地否认自己的怒气，不再认为发怒是一件不体面的事情，也不再竭力用其他的事件分散自己的注意力。因为发自内心的愤怒在未被释放的情况下，是不会像露水一样无声无息地渗透到地下销声匿迹的，它们潜伏在我们心灵的一角，悄悄地发酵，膨胀着自己的体积，积攒着自己的压力，在某一个瞬间，会毫不留情地爆发出来。

如果我发觉自己生气了，就会很重视内心的感受，我会问自己，我为什么而生气？找到原因之后，我会认真地对待自己的情绪，找到疏导和释放的最好方法，再不让它们有长大的机会。举个小例子，有一段时间我一听到东北人说话的声音心中就烦，经常和东北人发生摩擦，不单在单位里，就是在公共汽车上或是商场里，也会和东北籍的乘客或是售货员争吵。终于有一天，我决定清扫自己这种恶劣的情绪。我挖开自己记忆的坟墓，抖出往事的尸骸。那还是我在西藏当兵的时候，一个东北人莫名其妙地把我骂了一顿，反驳的话就堵在我的喉咙口，但一想到自己是个小女兵，他是老兵，我该尊重和服从，吵架是很幼稚而不体面的表现，就硬憋着一言不发。那愤怒累积着，在几十年中变成了不可理喻的仇恨，后来竟只要听到东北口音就过敏反感，非要吵闹才可平息心中的阻塞，造成了很多不必要的误会。

我把我的故事对宝蓝绸衣的女子讲完了，她说，哦，我有了一些启发。外柔内刚的柔只是表象，只是技术，单纯地学习淑女风范，可以解决一时，却不能保证永远。这种皮毛的技巧，弄巧成拙也许会使积聚的情绪无法宣泄，引起某种场合的失控。外柔需要内刚做基础，而内刚不是从天上掉下来的，是靠自我的不断探索。

我说你讲得真好，咱们都要继续修炼，当我们内心平和而坚定的时候，再有了一定表达的技巧，就可以外柔内刚了。

七万小时之外

世上有各种各样的职业，世上只有一种快乐的家庭。

小时，到同学家玩。部队院落，公家配给的住房，格局大同小异。家具也都是发的，一样的桌子一样的床……有一回，我看到同学家盛饺子的盘子和我家的一模一样，大吃一惊，心想该不是此人偷偷把我家的盘子搬回自己家了吧？急急忙忙跑回家，看到自家的盘子安然睡在碗柜中，这才长吁了一口气。后来问妈妈，才知盘子是早年间统一发的，用得马虎的人家，都已损坏了。因为这两家用得仔细，才酿出了我的惊疑。妈还说，连花窗帘也曾统一发过，你还要以为别人把咱家的帘子摘走了。

但我在这强烈的雷同中，依然顽强地感到了职业带给家庭的烙印。比如父母都是医生的那家，到处是炫目的白色，空气中总是弥漫着令人想打喷嚏的味道。我原以为她家爱把消毒水泼在拖把上擦地，不料该同学说，才不是呢。是我爸妈在医院里，头发都被这种味腌透了，他们走来走去，家就变成了一只药盒子。有一位同学老爸是飞行员，家里摆满飞机模型，还用黄铜的子弹炮弹壳做成实用的装饰的物件，金光四射地悬挂四处，令人有一触即发之感。有一位的妈妈是海军，无数尊珊瑚雄踞各个角落，绕行其中，恍以为自己变成了一条鲸。记得有一次我忘了她家的门牌号码，向人打听，因并不知道她父母的姓名，情急之下说，就是有很多红珊瑚的那家。被打探的人立刻伸出手指答，噢，拐弯就是……珊瑚已成路标。

人们通常是赞成把职场和家庭分开的，同意“工作是工作，居家是居家，两者有界限”。问过一百个人，都发誓说不愿把职场中的挣扎，带到平和的家中，但在实践中，谈何容易呢？上班时间忙不完，未完之公务就紧随你疲惫的脚步进了家门，如同一种极具生长性的蘑菇，撒在潮湿的草原上了，你将无法控制它的滋生。还有那无所不在的工作电话，仿佛章鱼的触角，把你与你所从事的职业捆绑在一起。倘不留心，可搅缠你到窒息。夜半了，你还苦泡在对事业的设计中。即使是和家人一道旅游，你会突然萌动一下工作的创意，灵魂出走，游离于山水之外。事业腾达，家庭易生泡沫与幻觉。濒临破产下岗，家中恐也阴云密布狼烟滚滚……

某男人要离婚，理由只有一个，说是受不了妻子的讲话。大家都以为必遇到了悍妇，调停时才发现那女人极富耐心，于是众人反过来派男方的不是。男人说，你们只同她接触了片刻，自然以为她不错。知道她是干什么的吗？幼儿园阿姨。她总是把我当成园里大班的小朋友，每一句话都要重复三遍以上，且全是指导和教育性口吻。你愿意终生都在一种被人强加的幼稚氛围里度过吗？不愿，就要离开……

家庭的质量和职业状态有着千丝万缕的关系。现代的行业分工越来越复杂和细腻了。据统计，一个人从大学毕业参加工作一直干到退休，在职场上要打拼七万个小时。想想看，这是怎样的七万个小时啊！你年富力强，你全神贯注，你头悬梁锥刺股，你惨淡经营。你生命的黄金，胶着凝结于这七万小时，炼出一枚放射性元素，对现代家庭辐射出极具穿透力的影响。

新的职业也带来新的问题，一位年轻的妻子说，自从丈夫成为电脑工程师，钱挣得越来越多，话说的越来越少，用词越来越缩略，充斥着黑话般的术语。有时简直觉得他被工作置换了，变成一台人形电脑……

世上有各种各样的职业，世上只有一种快乐的家庭。从事每种正当职业的人，都可以拥有快乐的家庭，职业可以有好坏，却没有对错。没有哪一种工作对家庭的快乐一家有益或是一定有害，全看你我如何建设。

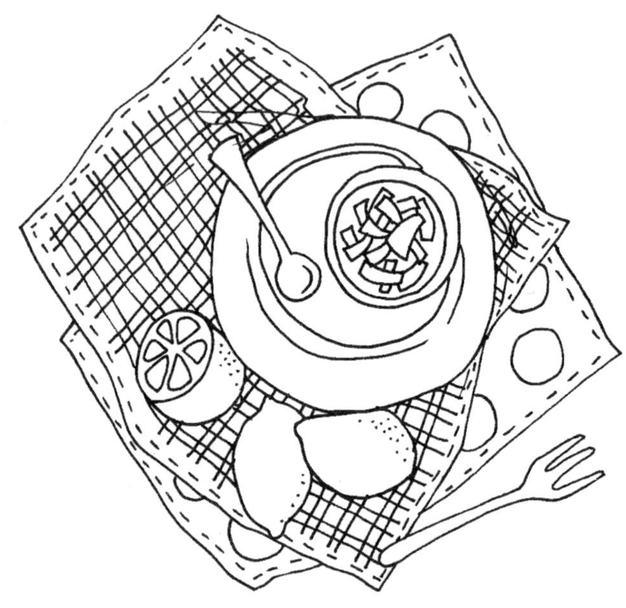

提醒幸福

当幸福来临的时候，我们要提醒自己去享受幸福，不要总是生活在压力、焦虑、恐惧和不安中，一个人要有感受幸福、快乐的能力。

我们从小就习惯了在提醒中过日子。天气刚有一丝风吹草动，妈妈就说，别忘了多穿衣服。才相识了一个朋友，爸爸就说，小心他是个骗子。你取得了一点成功，还没容得乐出声来，所有关切着你的人一起说，别骄傲！你沉浸在欢快中的时候，自己不停地对自己说："千万不可太高兴，苦难也许马上就要降临……"

我们已经习惯了在提醒中过日子。看得见的恐惧和看不见的恐惧始终像乌鸦盘旋在头顶。

在皓月当空的良宵，提醒会走出来对你说：注意风暴。于是我们忽略了皎洁的月光，急急忙忙做好风暴来临前的一切准备。当我们大睁着眼睛枕戈待旦之时，风暴却像迟归的羊群，不知在哪里徘徊。当我们实在忍受不了等待灾难的煎熬时，我们甚至会恶意地祈盼风暴早些到来。

风暴终于姗姗地来了。我们怅然发现，所做的准备多半是没有用的。事先能够抵御的风险毕竟有限，世上无法预计的灾难却是无限的。战胜灾难靠的更多的是临门一脚，先前的惴惴不安帮不上忙。

当风暴的尾巴终于远去，我们守住零乱的家园。气还没有喘匀，新的提醒又智慧地响起来，我们又开始对未来充满恐惧的期待。

人生总是有灾难。其实大多数人早已练就了对灾难的从容，我们只是还没有学会灾难间隙的快活。我们太多注重了自己警觉苦难，我们太忽视提醒幸福。

请从此注意幸福！

幸福也需要提醒吗？

提醒注意跌倒……提醒注意路滑……提醒受骗上当……提醒荣辱不惊……先哲们提醒了我们一万零一次，却不提醒我们幸福。

也许他们认为幸福不提醒也跑不了的。也许他们以为好的东西你自会珍惜，犯不上谆谆告诫。也许他们太崇尚血与火，觉得幸福无足挂齿。他们总是站在危崖上，指点我们逃离未来的苦难。但避去苦难之后的时间是什么？

那就是幸福啊！

享受幸福是需要学习的，当幸福即将来临的时刻需要提醒。人可以自然而然地学会感官的享乐，人却无法天生地掌握幸福的韵律。灵魂的快意同器官的舒适像一对孪生兄弟，时而相傍相依，时而南辕北辙。

幸福是一种心灵的震颤。它像会倾听音乐的耳朵一样，需要不断地训练。简言之，幸福就是没有痛苦的时刻。它出现的频率并不像我们想象的那样少。

人们常常只是在幸福的金马车已经驶过去很远，捡起地上的金鬃毛说，原来我见过它。人们喜爱回味幸福的标本，却忽略幸福披着露水散发清香的时刻。那时候我们往往步履匆匆，瞻前顾后不知在忙着什么。

世上有预报台风的，有预报蝗虫的，有预报瘟疫的，有预报地震的。没有人预报幸福。其实幸福和世界万物一样，有它的征兆。

幸福常常是朦胧的，很有节制地向我们喷洒甘霖。你不要总希冀轰轰烈烈的幸福，它多半只是悄悄地扑面而来。你也不要企图把水龙头拧得更大，使幸福很快地流失。而需静静地以平和之心，体验幸福的真谛。

幸福绝大多数是朴素的。它不会像信号弹似的，在很高的天际闪烁红色的光芒。它披着本色外衣，亲切温暖地包裹起我们。

幸福不喜欢喧嚣浮华，常常在暗淡中降临。贫困中相濡以沫的一块糕饼，患难中心心相印的一个眼神，父亲一次粗糙的抚摸，女友一个温馨的字条……这都是千金难买的幸福啊。像一粒粒缀在旧绸子上的红宝石，在凄凉中愈发熠熠夺目。

幸福有时会同我们开一个玩笑，乔装打扮而来。机遇、友情、成功、团圆……

它们都酷似幸福，但它们并不等同于幸福。幸福会借了它们的衣裙，袅袅婷婷而来，走得近了，揭去帏幔，才发觉它有钢铁般的内核。幸福有时会很短暂，不像苦难似的笼罩天空。如果把人生的苦难和幸福分置天平两端，苦难体积庞大，幸福可能只是一块小小的矿石。但指针一定要向幸福这一侧倾斜，因为它有生命的黄金。

幸福有梯形的切面，它可以扩大也可以缩小，就看你是否珍惜。

我们要提高对于幸福的警惕，当它到来的时刻，激情地享受每一分钟。据科学家研究，有意注意的结果比无意要好得多。

当春天来临的时候，我们要对自己说，这是春天啦！心里就会泛起茸茸的绿意。幸福的时候，我们要对自己说，请记住这一刻！幸福就会长久地伴随我们。那我们岂不是拥有了更多的幸福！

所以，丰收的季节，先不要去想可能的灾年，我们还有漫长的冬季来得及考虑这件事。我们要和朋友们跳舞唱歌，渲染喜悦。既然种子已经回报了汗水，我们就有权沉浸幸福。不要管以后的风霜雨雪，让我们先把麦子磨成面粉，烘一个香喷喷的面包。

所以，当我们从天涯海角相聚在一起的时候，请不要踌躇片刻后的别离。在今后漫长的岁月里，有无数孤寂的夜晚可以独自品尝愁绪。现在的每一分钟，都让它像纯净的酒精，燃烧成幸福的淡蓝色火焰，不留一丝渣滓。让我们一起举杯，说：我们幸福。

所以，当我们守候在年迈的父母膝下时，哪怕他们鬓发苍苍，哪怕他们垂垂老矣，你都要有勇气对自己说：我很幸福。因为天地无常，总有一天你会失去他们，会无限追悔此刻的时光。

幸福并不与财富地位声望婚姻同步，这只是你心灵的感觉。

所以，当我们一无所有的时候，我们也能够说：我很幸福。因为我们还有健康的身体。当我们不再享有健康的时候，那些最勇敢的人可以依然微笑着说：我很幸福。因为我还有一颗健康的心。甚至当我们连心也不再存在的时候，那些人类最优秀的分子仍旧可以对宇宙大声说：我很幸福。因为我曾经生活过。

常常提醒自己注意幸福，就像在寒冷的日子里经常看看太阳，心就不知不觉暖洋洋亮光光。

幸福 | Happy is sea |

不是彼岸，是一片海

关于婚姻和家庭的独白

结婚通常是在我们尚未完全明了它的严重性前，就匆忙决定了的一件事。

你认定了一个男人或是一个女人为终身伴侣，就是斩钉截铁地拒绝了这世界上数以亿计的男人和女人。也许他们更坚毅更美丽，但拒绝就是取消，拒绝就是否决，拒绝使你一劳永逸，拒绝让你义无反顾，拒绝在给予你自由的同时，取缔了你更多的自由。拒绝是一条单航道，你开启了闸门，就奔腾而下，无法回头。

拒绝的实质是一种否定性的选择。

我们的拒绝常常过于匆忙。这是因为我们在有可能从容拒绝的日子里，胆怯地挥霍掉了光阴。我们推迟拒绝，我们惧怕拒绝。我们把拒绝比作困境中的背水一战，只要有一分可能，就鸵鸟似地缩进沙砾。殊不知，当我们选择拒绝的时候，更应该冷静和周全，更应有充分的时间分析利弊与后果。拒绝应该是慎重思虑之后一枚成熟的浆果，而不是强行捋下的酸葡萄。

结婚通常是在我们尚未完全明了它的严重性前，就匆忙决定了的一件事。

它是年轻人最大的也是最初的一场赌注。晚婚和思考可以部分地补救我们的缺乏经验。但它从根本上说，是不可预测的。现代文明给了我们弥补的机会，这就是离婚。如果一个人从第一次婚姻里学到的不是正确的经验，就可悲地进入了一轮更盲目的赌博。

失败有时可以提供教训，有时会使我们更加昏了头脑。女孩为了使自己显得可爱，就不由自主地在男人面前装傻。喜欢傻女人的男人，不是自己弱智，无法同聪慧的女孩并驾齐驱；就是旧礼教的信徒，以为女子无才便是德。同这样的男人分手，原是不足惜的。

夫妻吵架表面上看来都是因为极小的事情，但下面常常潜伏着由来已久的情感危机。假如我们不想分手，就一定要把这股暗流找出来，清醒地对待它，排解它。

当我们守候在年迈的父母膝下时，哪怕他们鬓发苍苍，哪怕他们垂垂老矣，你都要有勇气对自己说：我很幸福。因为天地无常，总有一天你会失去他们，会无限追悔此刻的时光。

我不相信一见钟情。钟情其实是“一见”之后经过漫长时间思索的确认。如果只有一见，而没有其后的八见、十见、百见……情就始终无所黏附，不过是飘在空中的尼龙丝。

如果真的因一见而没齿不忘，那实际上钟的不再是情，而是自己浪漫的想象与幻觉。

幸福并不与财富地位声望婚姻同步，它只是你心灵的感觉。

对于我们的父母，我们永远是不可重复的孤本。无论他们有多少儿女，我们都是独特的一个。

假如我不存在了，他们就空留一份慈爱，在风中蛛丝般无以附丽地飘荡。

假如我生了病，他们的心就会皱缩成石块，无数次向上苍祈祷我的康复，甚至愿灾痛以十倍的烈度降临于他们自身，以换取我的平安。

我的每一点成功，都如同经过放大镜，进入他们的瞳孔，摄入他们心底。

假如我们先他们而去，他们的白发会从日出垂到日暮，他们的泪水会使太平洋为之涨潮。

面对这无法承载的亲情，我们还敢说我不重要吗？

母亲的关切就像一件旧时的毛衣，在严寒的日子里我们会忆起它的温暖，在风和日丽的春天，我们就把它遗忘。但对母亲来说，每一缕思念都那样绵长，每一条关于我们的音讯都令她长久地咀嚼。我们每一点微小的成绩都会熨平她额上的皱纹，我们的每一次挫折和失误都会令她扼腕叹息……

这也许是一条奇怪的放大定律——儿女的风吹草动，会凝聚成疾风骤雨降临于母亲的心灵。当我们跋涉在人世间的时候，母亲的心追随着我们，感应着我们，承受着我们的苦难，分担着我们的忧愁。

尽管世上规定了母亲节，其实母亲无节日。或者说，母亲也是天天过节日的。孩子会笑了，孩子会走了，这就是母亲的节日啊。孩子唱第一首歌，孩子写第一个字，这都是母亲的节日啊。孩子得了第一次奖，虽说只是一支普通的铅笔，这也是母亲盛大的节日啊。

孩子学得了知识，孩子建立了功业，孩子在世界上找到了属于他的另一半，孩子有了更小的孩子……这都是母亲的节日啊。

孩子的每一点进步，都是母亲永远铭记在心的节日。

一位母亲，培养出一个优秀的孩子，那就是人类永恒的节日。

一个不爱母亲的人，基本上是没有救的。无论他取得了怎样的成就，在他的内心深处，永远是冷漠。

婚姻的四棱柱

大凡男女结成婚姻，都开端于四种模式：
莫逆之交、患难之交、一见钟情、萍水相逢。
每一种都有不同的开头和结局。

人们谈论婚姻的频率，就像谈论坏天气。女人们凑到一处，更是三句话不离本行，家是女人永远的职业。若是在公园里看到掩面哭泣的女人，十有九成是为了爱情。

我是一个于恋爱婚姻上，没多少发言权的人。生平只谈了一次恋爱，就是目前的丈夫。截止今日，只结了一次婚，对象也是目前的丈夫。俗话说，实践出真知，见多识广，我是不合格产品。因此一遇到人们谈论恋爱婚姻，就像一个没去过美国的人，不敢妄谈纽约，乖乖地缄口。但女友们反而更多地与我倾诉婚姻，因为我不吭声，就成了一只良好的耳朵。听啊听，无数的悲欢离合，把鼓膜震痛。理智很清醒，情绪却时时跟着起伏。好像是在看一出冗长的电视连续剧，结局虽早在意料中，还是会被哭泣的主角打动。

读者也常常写了信来，述说感情波澜。读的时候，经常被击中。有时又觉得它们不是写给我的，是落笔者写给自己的心灵的。

每个人的故事都不同。但听得多了，看得多了，也渐渐地疲沓起来。或者说，是悟出了一点规律，常一听人说开头，就预测它的结尾，竟然也出奇地准了几回。于是就不自量力地想把婚姻归类，也许是当过多年医生的习气作怪，竟然把婚姻也看成麻疹，好像能总结出几条临床症状，预测结局转归似的。

天下婚姻万千，开端总是几种模式。好像你要是得感冒，起因脱不了受凉或是传染。要是患了痢疾，便一定是病从口入了。

婚姻的第一种开端模式，是“莫逆之交”。何为莫逆？字典上写的是：彼此情投意合，非常要好。顾名思义，“莫”是“没有”的意思，“逆”是“方向相反”的意思。莫逆之交是一个否定之否认，表示高度的协调与一致。

有人说，要是夫妻两个人，几十年都没有一点分歧，是不是太乏味，太枯燥？好像对着镜子中的自己，如影随形一辈子，会不会无聊至极？

这种揣测，乍一听很是有理。争吵好像是家庭的味精，矛盾仿佛粘合剂。很长一段时间内，我对相同必乏味的观点，人云亦云。后来一次出差，遇到一对老夫妇，他们温存而默契的眷恋，深深打动了我。与那些无时无刻都想显示幸福的年轻夫妇不同，他们宁静谦和，彼此一个手势一声叹息，对方都心领神会……他们的和谐，像一串老檀香木珠，隐隐地但是持久地散发着温馨的香气，让每一个看到这情景的人，心中叹息。我说，你们银婚金婚的，就真没红过脸吗？那是不是也太没意思了？

老翁说，我们有分歧的时候，但是不会吵架。人可以同自己争吵，但人不可以同一个如此深爱自己的人反目。我们都有使对方冷静的能力。吵架不会使人感到生活有趣，只会使人痛恨生活。生活的美好来自和谐与温暖。

我又对老媪说，你们一辈子不吵架，别人都不信呢。

老媪微笑着说，别说你们不信，就是我们自己也不信。当初我们结婚的时候，并没想到一生不吵架。但这么多年过去了，我们真的无架可吵。有一天，我对老伴说，咱们吵一架吧，尝尝吵架的滋味。他积极响应说，好啊，开始吧。于是我说，你先吵吧。他谦让说，还是你先吵吧。我们互相看着，谦让了半天，结果还是没吵成。想起来，好懊丧啊。

老翁慢吞吞地说，这可能是学不来的。我们平时都不同别人说我们不吵架的事，那会惹人笑话，好像这么大岁数了还在说谎。因为天下夫妻几乎都吵架，大家都不相信世上有不吵架的夫妻。我们很幸福，可幸福不是展品，我不想让所有的人都传颂这件事。我只能告诉你，也许我们是一个例外，但莫逆之交的夫妻，一生从不吵架的夫妻，绝对存在。

那一刻，我好惭愧，觉得自己不知晦朔，不知春秋。我们可以没见过钻石，但我们不能否认，世上有这种硬度极高的宝贝，在旷野中闪烁。

第二种婚姻的开端模式，是“患难之交”。它好像最具戏剧性，古时的公子落难，小姐搭救，才女风尘，名士救援……惊险与曲折，自是不必说了。到了现代，就演变成或是战斗负伤，或是打成右派，或是上山下乡，或是远走异地，或是病体难支，或是飞来横祸……总之是一方遭遇大悲惨，大厄运，辗转于苦痛之中；另一方肝胆相照，鼎力相助，挽狂澜于既倒。于是爱的萌芽，就在这恶劣苦旱的土壤中滋生，掀开巨石，迎着风暴，绽开了绿的叶和红的花。

依我以前的印象，觉得这种开端的婚姻，是极稳固，极难得的。你想啊，大风大雨都闯过来了，在风和日丽的日子，岂不要收获加倍的幸福？没想到，许多惨痛的婚变，就蜷缩在这只涂满沧桑的旧匣子里。

究其原因，在于事件起始部分的不平等。婚姻这件事，最要紧的是脸对脸，心靠心。若有一方居高临下，就会埋伏畸变的导火索。当事人可能不自觉，但危险的种子已经种下。大难当头的时候，人的正义感、怜悯心都会异乎寻常地发达起来，拔刀相助与见义勇为，仁爱之心与乐善好施，甚至母性与女儿性，大丈夫“我不下地狱谁下地狱”的豪情，都油然而生，像五颜六色的调味酒，依次倾入堆积冰块的苦难之杯。于是略带苦味但却荧光四射的命运鸡尾酒，在艰窘之中，由位置较好的一方，绚丽地调配成功，递了过来。那另一方，在孤独苦寂中，将自我的感激误认为爱情，初起出于理智婉拒，最终抗拒不了凄凉与冷漠，依了人的本能，欣然接受，也是情理中的事。双双痛饮混合了各种复杂成分的婚姻酒，醉一个酩酊。

那些世界上最动人的山盟海誓，往往发生在此时。然岁月更迭，逆境不可能永远存在，当外界的压力解除，爱情脱尽附加的藩篱，以本真的面目凸现的时候，潜伏的阴影就膨胀了。一旦双方地位、学识、教养、门第……的卵石，在激流消退后的平滩上裸露出来，无情的舆论又像烈日，将石头晒得滚烫，婚姻的危机就笼罩头顶。

况且，婚姻不是账本，旧话重提没有用，一方永远地施予，另一方总是赤字，心理就失去平衡。有些恩情，也如仇恨一般，太深重了，便无法报答，有时简直想一逃了事。不平等的婚姻，当跷跷板位置低下的一方，腾然升起的时候，双方能否寻找到新的支点，是婚姻继续的要素。患难是泥沙俱下的荒地，在那里寻到的爱情，绝非纯金精钢，还需顺境霹雳火的锤炼。

所以，患难之交不但不保险，很可能是饱含危机的婚姻。你看古今中外多少愁云惨淡的故事，都产生于这类土壤，就可知它的曲折艰险。并非要人在难中，不谈爱情，我只是想说，苦难不是婚姻的保单。假如你是跷跷板位置较高的一方，请做好位置颠覆后的准备。假如你是位置较低的一方，请扪心自问，天翻地覆之后，我能否忠诚依然？！

假如回答都是：不。不妨在患难中，对爱情三思而后行。

第三种是一见钟情。与其说它属于社会学心理学范畴，我更愿意相信它在生理学中的地位。原本素不相识的男女，在毫无先兆的一见之下，迸出激烈的火花，从此如醉如痴，天地为之动容。朝思暮想，百计千方，不成眷属，终日寝食不安。有的学者，对这种婚姻模式，给予高度的评价，认为它是人类本性的爆发，无功利杂质掺入，纯真契合，地久天长。

我想，在那男女一见的瞬间，一定发生了一种我们目前的科学还不能完全解释的生理变化，大量的神秘物质分泌入血，年轻的机体，从瞳孔到心灵，都感到极大的愉悦。这种物质以高度的欢畅，牵引着我们，操纵着我们，使我们不假思索地按照它凌驾一切的指令，决定了终身的伴侣。

对这种“惊鸿只一瞥，爱到死方休”的神秘过程，我不敢妄加揣测。私下里猜它的来源一定非常古老，是人类延续种族繁荣昌盛的钥匙之一。想那动物雌雄的相投，必无长远的卿卿我我，常常是电光火石的一瞬，成就了好事。一定有存在于基因的密令，操纵着冥冥中的结合。我想探究的是，作为高度发达创造了语言交流的人类，是否需对“一见定乾坤”的传统重新审视？那毕竟是一种非常状态，犹如飓风，无法天长地久陪伴我们。不知道在哪一天黎明，激情悄然离去，连个招呼也不打，剩下冷却到常温的男女，相对无言。失却了神秘物质的激励和保护，以它为先导的婚姻，是否也将随风飘逝？

婚姻不是“一见”，是一世相守的千见万见亿见。钟情是否是永不疲劳的金属，始终保持着最初的弹性？一见钟情的质量，不在开头，而在结尾。它可有终生的保修期？

现在要说四棱柱的最后一面了，萍水相逢。这词一听，便让人生出凄凉漂泊之感。当人们谈论婚姻的双方，原是“萍水相逢”时，多的是无奈与宿命，还有些许的调侃，好像一只得来容易的旧履，不值得珍惜。

我们太轻慢了萍水啊。何谓“萍”？那是一种随波荡漾的低等植物，淡淡绿绿，草芥一般。任何一抹风都可以将它捋了去，抛向远方，颇似普通人的命运。两朵浮萍，没有背景，没有根，被不知何处来的气流推着，无目的地漫游，怎的就撞到了一起？俗话说：相逢是缘，相守是分。为什么遭遇的是这一朵浮萍，而不是那一株水草？为什么碰撞在这一块水域，而不是在那一方波涛？偶然的萍水相逢里头，藏着一个天大的必然缘分。

萍与萍之间，还有一个最大的优势，那就是平等。水平水平，天下没有比水更平坦的东西了。生在水里的植物，该是最懂得这道理。纵是不懂，水以天然的流动，也教会你懂。平等是一切婚姻的柱石，它不是一种有形的资产，却是长治久安的地平线。在平等的伞下缔结的爱情，少的是不着边际的浪漫，多的是同在一片蓝天下的理智。它们依傍于水，浮沉于水。雨打飘萍的时候，需同舟共济，水涨船高的时候，需宠辱不惊。需要磨合，需要考验，一个平淡的开端，未必不预示着一段肝胆相照的历史，象征着一个美满妥帖的结局。

萍水相逢和一见钟情，真是有些像呢。都是素昧平生，都是相约到老。千万不要把两者搞混啊。在开端的时候，它们像一对孪生姐妹，但女大十八变，渐渐地就有些质的分野了。一个是在瞬间爆炸，一个是徐徐地加温。

婚姻的本质更像是一种生长缓慢的植物，需要不断灌溉，加施肥料，修枝理叶，打杀害虫，才有持久的绿荫。

在婚姻的入口处，立着这根四棱的柱子，每一面雕刻着不同的花纹，指示着不同的道路。每一个经过的男人女人，都按照自己的意愿，选择了一条入口。家庭就像单向的铁路，是没有回程票的。我们在婚姻的列车上，铿锵向前。在生命的终点站，有几多夫妇，手牵着手，从容出站？

家问

家是什么？年轻人、中年人、老人，孩子，男人、女人，情人，恋家的人，恨家的人，无家的人，有不同诠释。家在每个人的生活里，在心里。

家是什么？

家会很小很小，螺蛳壳是蜗牛的家。家会很大很大，宇宙是星星的家。家会很轻很轻，像一粒浮尘，被人一指弹掉，不留一丝痕迹。家会很重很重，像一座铅山，压在脊上，寸步难行。

家会很快乐很幸福，像一眼不老的喜泉。家会很凄楚很悲凉，像一汪深不可测的泪潭。

问年轻人：家是什么？

他们回答：家是粉红色的玫瑰，有刺更有蕾。家是甜蜜的吻、热烈的拥抱、柔情似水的情话和思念时的邮票。

问中年人：家是什么？

他们回答：家是心灵与肉体的港湾，能停泊万吨巨轮也能栖息独木小舟。家是无私的付出和接纳，家是脱去疲劳的热水澡。家是一个苹果，你一大口，我一小口。家是一副重担，我愿这边的力臂短，你那边的力臂长。

问老年人：家是什么？

他们回答：家是黄昏湖边的搀扶，家是灯下互相剪去丝丝白发。家是一件旧风衣，风也是它，雨也是它。家是虽非一见钟情，却望白头偕老的漫漫旅程，家是墓前的一枝黄菊。

问孩子：家是什么？

他们回答：家是妈妈柔软的手和爸爸宽阔的肩膀，家是100分时的奖励和不及格时的斥骂。家是可以耍赖撒谎当皇帝，也得俯首听命当奴隶的地方，家是既让你高飞又用一根线牵扯的风筝。

问情人：家是什么？

他们回答：家是舔着伤口的两只狼，家是激素的汹涌分泌。家是一日不见如隔三秋。家是猜忌、争执、思念、指责的杂耍场。家是枕边泪窗前月，家是今夜你会不会来？

问养家的人：家是什么？

他说：家不是勋章，你挂在胸前，别人也看不见。家是一条暗地里逼你不断挣钱的鞭子，直抽得你遍体鳞伤。

问弃家的人：家是什么？

她说：家是一种能力，一种学习。我自忖无力从那里毕业，就中途逃亡了。

问无家的人：家是什么？

他说：家是羁绊，家是约束，家是熄灭人创造激情的沼泽地，家是一种奢侈的靡费。

问恋家的人：家是什么？

她说：家是树上的喜鹊窝，纵然世界毁灭了，只有家在，依然有一切。

问恨家的人：家是什么？

他说：家是爱情的终点，家是英雄气短的坟墓。家是累赘，家是负担，家是你挂在你项上的枷锁，家是你自卖自身的契约。

我不知世上还有另外的场所，会如此众说纷纭，褒贬不一。

纵观家庭，是大千世界的缩影，人们在家中卸去重要角色的面具，露出天然嘴脸，最坦率最赤裸，人性的善与丑，方寸之间，纤毫毕现。一代伟人，能治好一个国，未必能调理好一个家。能统帅千军万马的将军，可能是妇孺群下的败军。

有人认为家是最自由最放任的所在，可以放荡不羁，其实家是最考验责任感的圣坛。对一个托付终身的人，都无法负起责任，你还能承诺他人的期嘱吗？连自己的一脉血缘都不能照料和抚育，你还能爱国爱民吗？在家中我们看到了太多的丑恶。对亲人施暴的人，不可能对他人仁慈。在家中阴郁的人，不可能对太阳微笑，在家中诡计多端的人，不可能真诚地对待友人。在家中粉饰虚伪的人，不可能直面惨淡的人生。

如果没有准备好，请不要撕下走进家庭的门票，如果没有爱自己也爱他人的能力，请不要构造家庭的地基。

很多人抱着从家庭掠取支援的动机，匆匆为自己寻一个可供汲取能力的后勤仓库。殊不知，家庭不是无中生有变出魔力的黑斗篷。家庭的温暖，先要无私无偿的培养和付出，然后才像春草，毛茸茸地生长起来。一旦失去了爱情的滋养，再稳固的家也会很快风化，爱的力量，有时很巨大，有时很贫瘠，全看你是否以心血浇灌。

家庭里如果没有神圣感和勇气，请别要孩子。

家庭缔结之时，并不是简单男女人数相加，而是诞生了另样的结构，一个崭新的物种，这个物种的花朵和果实，就是孩子。

一花一世界，一家一宇宙。婴儿降临世上，家是包裹他的蛹壳。倘若家中注满健康的爱的花粉，他就吮吸着它，用爱滋养构建着自己的听觉嗅觉知觉，渐渐地酿成心中小小的蜜饯。在爱中长大的孩子，爱是她的羽衣，爱是他的长矛。在爱中蓬勃成长的孩子，他看天下，就比较地明朗，他看前途，就比较的光明，他看事物就比较的冷静。他看死亡就比较的坦然。

在纷乱和丑恶的气氛中成长的孩子，是伪劣家庭的痛苦产品。他们在家中最先看到并习得的待人处世经验，是破碎流离和粗暴残酷。他们是那样幼小，缺乏分辨的能力，以为这就是人世间的模型，当他们走进社会的时候，会不由自主地以不良家庭模式对待他人，将紊乱和不协调传染到更远的范畴。更令人惊惧的是，来自不完美家庭的孩子们，彼此具有病态的吸引力，仿佛冥冥中有一块恶作剧的磁石，牵引性格有缺陷的男女，格外同病相怜，迫不及待走到一起。病态中建立的家庭，如履薄冰，全是悲剧。如果不能卓有成效地打断铰链，这种会伤人的家庭，就像顽强的稗草，代代相传，贻害无穷。

家可以很单纯，一个人也是一个完整的家。家可以很复杂，整个地球是一个共同的屋顶。

家啊，是理解奉献思念呵护，是圣洁宽容接纳和谐，是磨合欣赏忠诚沟通，是心心相印浪漫曲折生死相依海角天涯。

伤亡于家庭

让我们遍体鳞伤的场所常常是最爱的家。请收起家中的武器，你一击毙命，刺伤对手的同时，自己伤得最深。

大千世界，伤亡多矣。有死在炮火下的，比如当年的科索沃。有死在权力场上的，比如宫廷政变。有死在金钱堆里的，比如波光诡谲的商战阴谋。有死在脂粉欢场中的，比如艾滋病……不知你是否注意到，使我们遍体鳞伤的场所，更多的是发生于家庭。

在那种战云密布的家庭里，没有剑戟硝烟，但绝不乏刀光剑影。看不见的伤口在流血，看不见的内伤在悸痛。日复一日的擦痕渐渐累积为镂骨的深壑，终有一瞬胸膛断成尖锐的两截。彼此以伤及对方为快意，看他人伤痛会带来狭邪的喜悦。也许正因为当初相知甚深，了如指掌，所以一旦反目为仇时，那讥讽就格外地尖刻，那嘲弄就格外地有力，那刺杀的穴位就格外地精准，那致命的一击就格外地凶猛……

受伤于家庭的人，我估计一定多过死于原子弹爆炸的人群，只是人们通常缄默。那原因或是不愿意说，或是不敢说，或是不知道怎样说。伤于战场是勇敢，死于情场是痴迷，而家庭的

家是什么？
年轻人说：
家是粉红色的玫瑰，有刺更有蕾。
中年人说：
家是心灵与肉体的港湾，
能停泊万吨巨轮也能栖息独木小舟。
老年人说：
家是黄昏湖边的搀扶，
家是灯下互相剪去丝丝白发。
孩子说：
家是妈妈柔软的手和爸爸宽阔的肩膀，
家是100分时的奖励和不及格时的斥骂。
情人说：
家是舔着伤口的两只狼，
家是激素的汹涌分泌。
养家的人说：
家不是勋章，你挂在胸前，
别人也看不见。
……

伤亡，难以察觉，无法启齿，那痛楚而怪异的感觉，好似被一条柔软的丝锁紧扼喉头，虽然越来越感到窒息，但哽噎吐出，只怕他人不懂，得到的便是羞辱。于是无数的人，默默咀嚼着，要么选择继续持久地被伤害，要么名存实亡地敷衍着家庭，甚至犯下罪行。

当我们从法制刊物形形色色案件的披露中，得知发生在家庭的种种血案，才蓦然发觉，家庭致伤如此惨重。

于是我们震惊。震惊之余我们宽慰着自己，以为那只是万一和偶然。但随着越来越多的不幸进入我们的视野，我们不得不痛心地承认，家庭中的伤亡俯拾即是。

人们因为爱，走进家庭。当我们四目相对结为一体的时候，在洁白的婚纱下，新人并不完美，彼此带着旧时的痼疾。那些由于历史的原因，久已附着在我们血液中的病毒，并不因婚姻的缔结而有所收敛。在新的环境下，它们伺机复发，阴谋一逞。家庭并不是具有奇特功能的天然矿泉，不管什么病，只要一跳进这盆滚烫汤池里，便霍然痊愈。更别说倘若那婚姻的结合，原本就有同病相怜的前提，由于病症相似，病毒更有了协同发作的机遇。

家是两双手共同续进柴薪的一盘暖炕，只有不间断地投入，才会有恒久的温馨。

可惜很多人不懂。他们对家庭寄予了太多不切实际的幻想，以为家有魔法，可以自生自长，点石成金。他们打算不必进行艰苦的自我改善，只靠从对方身上源源不断地索取能量，就会达至幸福。

当家庭中生长出获取大于奉献的稗草时，家庭的伤害就已经萌生。

被汲取的一方，感到失望和被削弱。他们由不自觉到自觉地开始拒绝和反抗，选择躲避或者反击。

汲取的一方，由于感到被抛弃和冷漠，开始更大力度地依附和摄取。他们或是撒娇或是要挟，或是疏离或是紧紧黏连。

在家庭的战争中，绝没有永远的胜者。家庭原本就是共同的疆土，你刺伤对手的同时，弹片也溅满自身，伤口也汩汩流血。在家庭的战争中，也绝不存在着根本的弱者。当你得知一个孱弱的家庭妇女，由于发觉了大权在握的丈夫有了第三者，愤而挥斧斩夫，自己也被处以极刑的时候，你能说在这场家庭的生死搏杀中，谁胜谁负？谁弱谁强？有的只是两败俱伤，家庭化为齑粉。

更为令人焦灼万分的是，在家庭之战中，注定有一个永远的伤者，那就是孩子。

有多少不和睦的家庭，当无望处置种种的纠纷和矛盾的时候，不负责的男女主角，会生出一个愚蠢的念头——生个孩子出来试试吧。也许靠这个啼哭的小婴儿，可以平衡分裂的气氛，弥补破裂的情感，让家庭发生一个意想不到的转折。

可惜，几乎百分之百的结局是，奇迹没有出现，发生的只是悲剧。

一个婴儿的诞生，会带来更多繁杂的事务，家庭经济会更趋紧张，夫妇相聚的时间会更为削减，精神上的压力更显沉重，各方面的负担更呈增加。于是无数企图靠孩子来增进婚姻的家庭，堕入了更不良的循环。这一次，卷进泥潭的将不仅是两个不成熟的成人，更有了一个嗷嗷待哺的婴儿。

在家庭战火中生长的孩子，普遍缺乏安全感，日夜像受了惊吓的小兔。他们高敏感低自尊，一颗幼小稚嫩的心，感受到的不是家庭的温暖，而是无尽的惊恐和动荡。在父母的争执和威吓中长大，愁苦和忧伤写满幼小的额头。他们冷漠孤独，桀骜不驯。既然亲生的父母都不珍惜他们的来临，他们找不到生存的价值和意义。从小在夹缝和脸色中讨生活的经验，使他们尴尬和怨愤。长大之后，他们缺乏爱的能力，眼光多阴郁游移，心胸多狭窄悲怆。在因家庭受伤的孩子中，也许不乏高超的智商，但注定缺少由衷的微笑和与人为善的襟怀。

于是家庭的伤害就成了一种带有遗传性质的恶疾，不但害了一代，更害了后代。

纵观人类的发展，建造和平的家庭，必是持久的工程。我猜想那些没有墓碑的家庭伤亡者，一定在冰冷地下，用暗哑的声音告诫世人：请包扎我们的伤口，它们依旧折磨着我们痛不欲生。请收起家中的武器，它绝不会带给你幸福。家庭可以是阳光下的果园，每一颗果子都充满香甜。

家中的气节

家是什么？人们以为家中的人多么温柔和蔼，真是错了。家是我们性格和心灵彻底释放的地方，人在家里其实比在外面更脆弱，更敏感，更易冲动。

我想说，家中无气节。这话，肯定不堪一击。中国人饿死事小，失节事大，哪里敢辱没气节的丰姿呢？但我指的只是家中的琐碎，不过借用一下此词的英名。

世上举案齐眉的家庭一定是有的，不能以我等瓢勺相碰的日子揣测人家的和睦是虚伪。但也一定不多，因为矛盾的普遍性制约着我们。

大多数家庭都时常爆发争执，像界碑不清的小国，边境冲突不断。要是演变成正式宣战，干脆离婚罢了，也不在讨论范畴之内。那些历经苦恋苦爱，而今又处在争执不断的冷战状态的家庭，似有讨论气节的余地。

有多少原则问题呢？真正的国计民生，大概并不构成分歧的核心。甚至对家庭的大政方针，比如孩子要上大学，父母要延年益寿，工作要努力，住房要增加……双方也是高度和谐统一的。问题往往出在一些很小的分工或是态度的优劣上，比如你是做饭还是洗衣？你为什么不和颜悦色而是颐指气使……有时，简直就不知是为了什么，双方把外界的怒气直接打包带回家，单刀直入地进入了对峙阶段，除了不扔原子弹，家庭阴冷的气氛同大战无异。

为了对付这种莫名其妙的僵持，时新杂志上登出了许多驭夫或是驭妻的“诀窍”，教你如何化干戈为玉帛。这些供人莞尔一笑的小诀窍，不知灵不灵。我看这其中的死结——就是如何对待家中的气节。

家是什么呢？是一对男女的永不毕业的大学，是适宜孩子居住的圣殿；是灵魂的广阔海滩，是精神的太阳浴场。我们在尘世奔波中的种种面膜，需在家中清洗复原。意志的疲软顿挫，需在亲情中柔软着陆。人们以为家中的人多么温柔和蔼，真是错了。在涡轮般旋转的今天，家居的人也许比街市的人更脆弱，更敏感，更易冲动激动。

常常听到因小事争吵的女人说，我从此不理丈夫，等他来同我说第一句话。男人就更是不肯低下高昂的头，好像家是宁死不屈的刑场。

冷漠后恢复交谈的第一句话真是那么重要吗？重于我们曾经有过的一生一世的寻找？第二句话真就那么卑下吗？卑下到后发制人丧失了品格和尊严？第三句话真就那么平淡吗？淡到它如同抛弃我们以前拥有过的万语千言？

什么是家中的气节？既然我们相爱，爱就是我们共同的气节。你的失态，在我看来，是你的思绪溃败了。在这一瞬间，我是你的强者。原谅，宽恕，包容和鼓励，就是家庭永远长青的气节。

有些人以沉默对待冷漠，消极地把缰绳交给时间。时间通常是一个中性的调解员，会使人们渐渐恢复冷静。但孤寂中只顾自家意气的男女不要忘了，时间也会跟我们开居心叵测的玩笑呢。当你缄默着不肯谅解时，家的瓶颈便出现第一道裂纹。继续对抗下去，锤子无聊地敲击着婚姻之瓶，随着时间的叠加，瓶子也许訇然破碎。

太看重一己气节的人，其实是一种枯燥的自卑。你以为在亲人面前挣得了面子，然而失去的却是尊重与宽容。片刻的满足带来长久的隐患。聪明的男人和女人，千万别因小失大。

分歧时，不必拍案而起。争执起，义正辞可不严。有失误，莫要声色俱厉。灾临头，携手共赴家难。如果一定要有家中气节，我想这几条该在其中。

爱情没有快译通

会听的心，要有大的空间；会听的心，要有对人的真诚；会听的心，是柔软和温暖的；会听的心，是坚强的……

我和朋友做过一个游戏，很有趣。

你说你也想做。好啊，我希望大家都有机会参与，别看我们都已是成人，其实每个人心底都埋着一颗喜爱玩耍的种子。我先来讲一讲规则。所有的游戏都是有规则的，要想玩得好，就得守纪律，要不就乱了套了。

那规则就是——找一张白纸，写上你的一个常常出现的情绪，比如说——愤怒、怀念、孤独、忧郁，等等。哦，看到这里，你可能要说，都是让人懊丧的情绪啊？正面的可不可以写呢？当然可以啦，比方高兴、喜悦、慈爱、关切，等等，都行。

好了，现在你已写好了自己想法。把那张藏着你的秘密的纸条对折，然后让它安安稳稳地平躺在桌上，一副大智若愚的模样，暂时谁也不让看。

此刻它就像一个沉睡的蚕宝宝，一动不动地眠着，只有到了揭开谜底的时分，才带着长长的思绪，飞出美丽的白蛾。

然后你找一个人，最好是对你比较了解，你把他当作知心朋友的人。你对他或她说，此刻，我正被一种情绪缠绕着，满心念的都是它。现在，你猜猜看，那是一种什么思绪？

他或她肯定会说，我又不是你肚子里的虫，我怎么会知道？

你说，别急啊，我会给你线索。这就是我的表情。平日当我被这种情绪笼罩的时候，我就做出这副模样，你猜猜看。

说完以上的话以后，你就坐到他对面（为了叙述方便，我就不论男女，都用“他”字了），最好找一个光线明媚的地方，让你的一颦一笑，都让他尽收眼底。好啦，现在你心里默念着刚才写在纸上的字，脸上做出你沉浸在这种思绪中时对应的表情，也可以辅助身体的语言。比如你平日愁苦的时候，蛾眉紧锁，杏眼低垂，再加上鼓着腮帮子，耷拉着头……总之，不要刻意表演，越自然，越像生活中真实的你越好。

你保持如此的表情和姿势一分钟后，就可以恢复常态了。然后让你的朋友说出，刚才你在想什么？

他或许会沉默，会思索，会疑惑……注意啊，你一定要有足够的耐心，并且有克制力，不可提示，不可启发，不可诱导。否则咱们就前功尽弃啦。

依我和朋友玩过多次的经验，此时绝大多数的人会沉思良久，好像他们面对的不是一个朝夕相处耳濡目染的大活人，而是恐龙什么的，然后久久的不吭声。最后在大家都等得你不耐烦的时候，才迟迟疑疑地吐出一个词，比如“苦闷……孤单……”然后忙不迭地打开桌上的纸条。一看之下，半晌不语，那答案和猜测往往风马牛不相及。

比如一个美丽的女孩子，做出眺望远方的模样。她的男友猜测——你是在想家！想父母！她呸了一声说，糊涂虫，我是在想你！男友说，我不就在你身边吗？当你出现这种神态的时候，我总是吓得屏气息声，不敢打破沉默。我不知道自己哪点没有做好，惹得你不满意，你才如此凄楚地思念他人……女孩子说，你怎么会这么笨呢？你既然爱我，就该懂得我的心。男孩子说，爱，只能解决一部分问题，并不能解决所有的问题。该说的你还得说出来，沉默不是金，是土是空气。女孩子说，我像革命先烈一样，我就是不说。我非要你猜。猜得出来我就嫁你，猜不出来，我就离开你……男孩子就愁眉苦脸地说，如果今后的几十年，天天都在灯谜和哑语中生活，累不累啊？！

另一个男子汉眼睛特别大。他做出第一个表情时，看着那铜铃一般圆睁的双眸，大家异口同声地说，噢，你在愤怒！

他一脸失望地说，才不是呢。好了，这个不算，我再做一次。他做出的第二个表情，又是如法炮制，瞪起双眼。大家稍微犹豫了一下，还是口径一致地说，你在发火！

他不甘心，又来了第三次。这一次的结果就更令人惆怅了。大家没精打采地说，你换个新内容让我们也好抖擞精神，干吗又做出打架的样子？！

男子汉后来沮丧地告知我们：他的纸条上，第一次写下的是“幸福”，第二次写下的是“喜爱”，第三次写下的是——“慈祥”！

你肯定要说，差得这般十万八千里，我才不信呢！你一定是没选好对象，或者是围观的人太弱智，才如此指鹿为马。

我一点也不生气你的这种指责，我很希望你能亲自试一试。找自己最亲爱的人，最好。假如能百发百中地猜对，那真是人间少有的幸福伴侣。

我耐心地等待着你的试验……怎么样？做完了吧？你不仅仅做了一次，而是做了许多次。桌上的纸条叠起又打开，打开又写下，好像一只只归巢后又被驱赶而出的信鸽。你很希望能打破我的预言。但你做完后，为什么长久地沉默不语？还透出淡淡的忧伤？你的手指把纸条扯成一缕缕，任它飘荡，好似破碎的思绪。

是的，真正的现实就是这般冷静而无商榷。最厚重的隔膜，就在咫尺之遥。在你以为肌肤相亲的帷幔当中，横亘着无法穿越的海峡。

科学技术是越来越发达了，但迄今没有一种仪器，可以测量出人类的情感进行状态，可以预计出人的情绪指数。当我们能够探知遥远星球的一次轻微地震的时候，我们不知道自己的同床伴侣，是否辗转反侧。爱情没有快译通，心灵的交流如此细腻朦胧。当我们以为自己洞察他人心扉的时候，其实往往隔靴搔痒南辕北辙。

不要怨天尤人，不要动不动就上纲到爱与不爱。爱不是万能钥匙，爱不能在每一个瞬间都摧枯拉朽。爱无法破译人间所有的符码，爱纵是金属，也会有局限和疲劳。增进了解可以加固爱，误会错怪可以动摇爱，这是我们每个人都曾有过的体验。

隔膜往往是双层的。当我们无法正确地表达的时候，我们首先就失却了被人悟知的前提。所以，训练我们明快简捷准确平和的表达能力，是人生的重要课题。不要以为说出自己的心思是一件很简单的事情，在很多的时候，我们先是不敢说，再之是不肯说，然后是不屑说，最后就成了不会说。尤其是当我们软弱的时候，我们没有勇气说。当我们悲哀的时候，我们被文化的传统训导为不可说，说了就显懦弱，说了就是渺小。当我们痛苦的时候，我们以为不当说，说了就遭人耻笑。当我们孤独的时候，我们想不起说。

其实，一个人的坚强与否，不在于他是否说出自己的苦难，而在于他如何战胜自己的苦难。说的本身，也是一种描述和正视，当我们能够直视那些令人痛楚的症结的时候，力量也就随之产生了。

既不夸大也不缩小，既不言过其实，也不矫饰虚掩，直面惨淡的人生，逼视淋漓的鲜血，该是人生勇敢和智慧的大境界。

其次我们要会听。有人说，听谁还不会啊，是个人都带着自己的耳朵，想不听还办不到呢！

了解和交流，在于两颗心的同一律动，在于你深深地明了对方向你描述的那一切。从这个意义上说来，“会听”，也许是人生另一番需要修炼的深远功夫。坦诚说出自己的感受，即便艰难，好歹还有自我的内心世界可以参照，只需勇气和描述的技术，基本就可完成。但听的功力，除了有一双好耳朵，还需有一颗擦拭干净不畸形不变异的心。如果自心是哈哈镜，把人家的话听得变了形，那责任就不在说者，而在听者。

会听的心，要有大的空间，除了容纳自身，还能接纳他人。会听的心，要有对人的真诚，因为听的那一刻，你将把心灵至尊的位置，让给你的朋友。会听的心，是柔软和温暖的，让人感到融融的温馨。会听的心，是坚强的，因为它有自己顽强的意志，不会在袭来的痛苦之中摇摆淹没……

有一个可以救命的外科手术，叫作“心脏搭桥”。说的是在堵塞了血管的心脏上，再造一条新的流畅的脉络，让新鲜的充足的血液，流入衰弱的心脏。我很喜欢这个手术的名称，借来一用。我们除了在自己的心脏上搭桥，也需在不同的心脏之间搭桥，以传达我们彼此间的感觉和友谊。

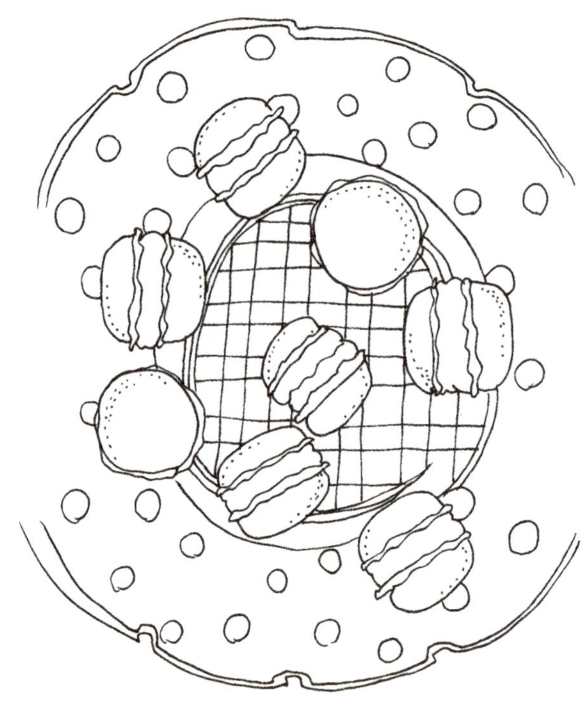

幸福的镜片

幸福家庭的奇妙镜片能放大欢乐，缩小痛苦。

现今家庭，有些简直成了情绪火葬场。一位女友说，先生在外面笑眯眯，人人都赞脾气好，可回到家里，满脸晦气，令人沮丧。女友恼火地抗议，你不要金玉其外，轮到自家人时，却像八大山人笔下的鱼鹰，白眼球多，黑眼球少。她先生立即反驳道，人又不是仪器，不可能总调整在最佳状态。发愁的时候，懊恼的时候，垂头丧气的时候，你让我到哪里撒火？和领导吵吗？不敢抗上。和同事争吗？来日方长，得罪不起。在公交车上和不相干的人口角吗？人家招你惹你了？那岂不是伤及无辜，太不五讲四美。女友说，我是你亲人，却经常看你黑脸，你这不是残害忠良吗？她先生说，家是最隐蔽最放松的场所，一个人若是在家里都不能扒下面具，赤裸裸做人，那才是大悲哀。我阴沉着脸，并非对你恶意，只是情绪病了。你装聋作哑好了，不必同我一般见识。有什么不中听的话，并非针对你，只是宣泄独自的郁闷。如果你爱我，就请原谅我的种种真实……

女友困惑地说，人怎么能把家庭当作消化情绪的垃圾场？这样下去，谈何幸福！

将成员的种种不快以至愤慨忧愁苦恼悲凉……都虚怀若谷地包容下来，然后紧闭炉门，不再泄漏。让那炉中真火慢慢熬炼，直到怨气焚化成白色无害的灰烬，随风飘逝，不见踪影。

这事说起来简单，实施的时候却极易失控。人在家居，心不设防，就像没打过麻疹疫苗的小儿，对情绪缺少抵抗力。一旦心境恶劣，极易传染他人。又因至爱亲朋，血脉相通，结果一人发火，污染全体，大家受难。很多原本是外界的小风波，最后演变成家庭的全武行。

好的家庭要有丝网般的过滤功能。快乐的幸福的消息，如高屋建瓴，肥水快流，多拉快跑，让佳音火速进入所有成员的耳鼓。忧郁的不幸的消息，只要不关急务，便遮掩它，蹒跚它，让时间冲刷它的苦涩，让风霜漂白它怵目惊心的严酷。

好的家庭是会变形的镜片，能发生奇妙的折射。凸透使视物变大，凹透让东西变小。如果是愉快的源泉，哪怕只是夫妻间的一个手势，孩子捧出的一杯清水，远方朋友的一个问候，陌生人的一个祝福……都应透过放大镜，使它纤毫毕现，华光四射。让一朵杜鹃，蔓延出一片火红的山谷。让一个口哨，轰响成一部辉煌的乐章。从一片面包，憧憬出今后日子的和美丰足。携一缕春风，扩展成融融暖意，铺满整个家庭空间。

如果是苦难和灾异，比如亲朋远逝，祸起萧墙，泰山压顶，骤雨狂风……降临的种种天灾人祸，经了家庭镜片的折射，都应竭力缩小它的规模——淡化压力的强度，软化尖锐的硬度，削减振荡的烈度，压缩波及的范围，控制哀痛的伤害，截短作用的时间……让家人在家的庇护下，惊魂甫定，休养生息，治疗创口，积聚新力，重新敛起生活的勇气。

这是否是澳大利亚鸵鸟的战术，一厢情愿？我想明晰的镜片和浑黄的沙砾有原则区别。无论喜讯还是噩耗，通过家庭镜片的折射，它们未曾消失，依然健在，改变的只是外界事物作用于我们的感觉。

放大欢乐，缩小痛苦，这就是幸福家庭的奇妙镜片功能。

千头万绪是多少

各种芜杂不堪的心绪常常能拖垮一个人的生活，我们要有坐下来清理杂草的能力。

千头万绪这个词，有一种沸沸扬扬的夸张和缠人喉咙的窒息感，认人心境沮丧，捉襟见肘，好像一个泥潭，不留神陷进去，会被它掩了口鼻，呛得翻白，甚或丢了性命，也说不得。

现代人很常用——或者简直就是爱好用这个词，千头万绪，来描绘自己的生存状况。常常听到人们说自己的处境——千头万绪，要干的工作——千头万绪，待处理的事务——千头万绪，需承担的责任——千头万绪……千头万绪几乎成了一条癞皮狗，死打烂缠地咬住每位现代人的脚后跟，斥之不去。

千头万绪是一个主观的判断，一个夸张的形容。难道对一个普通人来说，世上就真有一万件事，非得你御驾亲征不可？

当我们认定自己进入了千头万绪这一局面的时候，心先就慌了。披头散发，眉毛胡子一把抓，天空也随之阴霾。因为紧迫，就慌不择路。结果是线头越搅越多，原本可以解开的结，也成了死扣。

千头万绪有一种邪恶的威慑力，恐惧和慌乱是它的左膀右臂。一旦被这几个魔头统治了心神，我们在灾难的海市蜃楼面前，往往顿失镇定和勇气。

我认识一位女友，当她说到自己的近况时，脸色晦暗，手指颤抖，嘴唇也无目的地扭曲了，显出干涸辙印中小鱼的表情。

她的确是遇到了足够的麻烦。丈夫外遇十年，儿子正逢高考，模拟考试成绩很不理想。她接手奋战了一年的科研项目，已到了关键时刻，她的高血压又犯了，整天头晕。昨天上街由于精神恍惚，被小偷割裂了书包，偷走了上千元钱。她的邻居在装修房屋，每天电钻声吵得人耳鼓爆炸……

有的时候，真想一死了之！千头万绪啊，我看不到一点光明！她这样说，狠狠捶击着自己的太阳穴。

我说，我能体会到你心中的痛楚和无奈。你想改变这一切，但感到自己绝望和孤独。我们先找到一张白纸，把你最感痛苦烦恼的事件写下来，然后我们看看，有什么办法可以逐个解决它们?

洁白的纸，铺在桌面，如同一片无瑕的雪地。左是起因，右写对策。女友提笔写下：

1.夜里睡不好觉，因为电钻太吵

我很惊讶地问她，那装修的人家，居然敢冒天下之大不韪，在夜里开动电钻?

女友愣了一下，然后说，那倒不是。楼下孀居多年的邻居要结婚了，房屋不整也实在当不了新房。那家事先已出了安民告示，并于晚上八点以后，不再使用电钻。

我说，那么，你睡不好觉，就另有原因，并不能归于电钻了。

她对着白纸，看了半天，仿佛不认识自己写下的那一行字。然后把“电钻”云云删去了，在对策一栏里，写下——吃两片安眠药。

继续整理你的烦恼。我说。

2. 丈夫外遇十年

真是一个折磨人的大难题。我定定神问，你最近才知道吗？她嘶哑地答，早知道了。我说，你打算最近采取行动，彻底解决这个问题吗？

她思忖着说，时机还不成熟。无论是离婚还是敦促他痛改前非，都需要时间。

我说，那它是可以从长计议的，也就是目前采取的对策是等待。

女友点点头。

3. 昨天丢了一千块钱

我说，真倒霉啊，对你是雪上加霜。你报案了吗？

她说，报了。但是没寄什么希望。

我说，那就是说，你基本上觉得这笔损失是不可挽回的啦？

她很快地回答，是啊。

我说，不一定啊。也许你不停地愁苦下去，把自己的太阳穴敲出一个透明窟窿，小偷会良心发现，把那笔钱送回来。

她扑哧一声笑了，说，瞧你说的。那小偷根本不知道我是谁，哪怕我今天自杀了，他也不会发慈悲的。

我正色道，说得好。这笔损失，并不因你的痛楚，而有复原的可能。

女友想了想，就把这一条划掉了，重写了一个“3. 孩子考不上大学”。

我陪着她深深地叹了一口气，然后问她，你是直到今天才意识到孩子上大学无望吗？

她摇摇头，说，他学习成绩一直不好，这结果其实已在意料之中。以前总幻想能出现一个奇迹，现在彻底破灭了。

我说，不符合实际的幻想破灭，你说是件好事还是坏事？

她明白了我的用意，但还是很沉重地说，面对残酷的现实，总是让人难以接受。

我说，是啊。但事实是否因你的不接受，而有改变的可能呢？

女友说，我还是希望孩子能有接受高等教育的机会啊。

我说，此次没有考上大学，并不意味着孩子永远失去了接受高等教育的机会。

她突然抓住我的手说，你的意思是还有机会？

我说，你觉着呢？我记得你就是通过自学直接考取的研究生啊。

她沉默了很长的时间，然后一字一顿地说，是啊。孩子已经十八岁了，教会他如何应付困境，也许更重要。于是她写下对策——重新来，继续下去。

4. 高血压

我说，你的血压是否已经像珠穆朗玛一样，成了世界上的第一高峰了呢?

她有些气恼了，说，我真的很痛苦，你却在这里穷开心。

我把脸上的笑容收起，说，对于病，也要有一个战略藐视战术重视的应对。我相信你的高血压并非到了药石罔效的地步，只要按时吃药，是可以控制的。你服药很可能不守医嘱。

她有些不好意思，反问，你怎么知道的?

我说，别忘了，我还是有二十多年医龄的老大夫。你瞒不过我的火眼金睛。

女友老老实实地交代说，一忙起来，就忘了。她规规矩矩地写上对策——遵医嘱。

女友的脸色渐渐平稳，但她还是愁肠百结地写下了最后一条。

5. 科研任务紧迫

我说，关于此项艰巨的任务，你承担了一年。现在到了最后攻关阶段，你是否已对自己丧失了信心?

她很坚定地回答，没有。只是我的心情不好，你知道，对于一个搞研究的人来说，心情就是生产力啊。

我一拍她的手掌说，你讲得好！但心情纯属你精神领域的感觉，你为什么不能使自己的心情明亮起来呢?

她说，讲得轻松！不挑担子肩不疼。我这里千头万绪，哪里就亮得起来！

我含笑说，看看你的千头万绪，还剩下了多少?

那张洁白的纸上，写着:

失眠——安眠药

丈夫外遇——从长计议

（丢钱——自认倒霉）

儿子未考上大学——重新来

高血压——遵医嘱

科研攻关——好心情

她看了一遍又一遍，好像不相信自己的千头万绪，已细化成如此简明扼要的条款。看来，我只要今晚吃上两片安眠药，明早醒来，阳光依旧灿烂？她有些半信半疑。

我说，当所有的头绪都搅在一起的时候，的确很可怕，它们使我们的心情变得极为恶劣，智力陡然下降，判断连续失误，于是事情就进入了一个更糟糕的怪圈。把它们理清，列出对策，就可以逐一攻克了。好心情并不来源于一帆风顺，而是生长于从容和坚定的勇气中啊。

女友说，哈！我知道啦！我们每个人都有长出好心情的土地，就看你是否耕耘。

女人什么时候开始享受

有了家庭，就没了自己，女人该在这种伟大奉献的荣誉牌前日渐淡化自己内心深处的渴望吗？

女人什么时候开始享受？

当我们为自己的母亲，为自己的姐妹，为我们自己，问这个问题的时候，我们先要说明什么是女人的享受。

我们所说的享受，不是一掷千金的挥霍，不是灯红酒绿的奢侈，不是喝三吆四的排场，不是颐使气指的骄横……

我们所说的享受，不是珠光宝气的华贵，不是绫罗绸缎的柔美，不是周游列国的潇洒，不是管弦丝竹的飘逸……

我们所说的享受，只不过是在厨房里，单独为自己做一样爱吃的菜。在商场里，专门为自己买一件心爱的礼物。在公园里，和儿时的好朋友无拘无束地聊聊天，不用频频地看表，顾忌家人的晚饭和晾出去还未收回的衣衫……在剧院里，看一出自己喜欢的喜剧或电影，不必惦念任何人的阴晴冷暖……

我们说的女人的享受，只是那些属于正常人的最基本的生活乐趣。只因无数的女人已经在劳累中将自己忘记。

女人何尝不希冀享受啊？

抱着婴儿，煮着牛奶，洗着衣物，女人用沾满肥皂的手抹抹头上的汗水说，现在孩子还小，等孩子长大了，我就可以好好享受享受了……

孩子渐渐地大了，要上幼儿园。女人挽着孩子，买菜做饭，还要在工作上做得出色，女人忙得昏天黑地，忘记了日月星辰。

不要紧，等孩子上了学就好了，松口气，就能享受了……女人们说，她们不知道皱纹已爬上脸庞。

孩子终于开始读书了，女人陷入了更大的忙碌之中。

要把自己的孩子培育成一个优秀的人。女人们这样想着，陀螺似的转动在单位、家、学校、自由市场和各种各样的儿童培训班里……孩子和丈夫是庞大的银河系，女人是行星。

白发似一根银丝，从空气中悄然落下，留在女人疲倦的额头。

我什么时候才能无牵无挂地享受一下呢？

在没有月亮的夜晚，女人吃力地伸展自己酸痛的筋骨，这样问自己。

哦，坚持住。就会好的，等到孩子大了，上了大学，或有了工作，一切就会好的。到那个时候，我可以好好地享受一下了……

女人这样对自己允诺。

她就在梦中微笑了。

时间抽走女人的美貌和力量，用皱纹和迟钝充填留下的黑洞。

孩子大了，飞翔出鸽巢，仅剩旧日的羽毛与母亲做伴。

女人叹息着，现在，她终于有时间享受一下了。

可惜她的牙齿已经松弛，无法嚼碎坚果。她的眼睛已经昏花，再也分不清美丽的颜色。她的耳鼓已经朦胧，辨不明悦耳音响的差别。她的双腿已经老迈，再也登不上高耸的山峰……

出去的孩子又回来了，他带回一个更小的孩子。

于是女人恍惚觉得时光倒流了，她又开始无尽的操劳……

那个更幼小的孩子开始牙牙学语了，只是他叫的不是“妈妈”，而是“奶奶”……

女人就这样老了，终于有一天，她再也不需要任何享受了。

在最后的时光里，她想到了，在很久很久以前，她对自己有过一个许诺——在春天的日子里，扎上一条红纱巾，到野外的绿草地上，静静地晒太阳，听蚂蚁在石子上行走的声音……

那真是一种享受啊。

女人说着，就永远地睡去了。

原谅我描述了这样一幅女人享受的图画，忧郁而凄凉。

因为我觉得无数的女人，在慷慨大度地向人间倾泻爱的时候，她们太不爱一个人了——那就是她们自己。

女人们，给我们自己留一点享受的时间和空间吧。不要一拖再拖，不要一等再等。

就从现在开始，就从今天开始。

不要把盘子里所有的肉都搛到孩子的嘴边。不要把家中所有的钱，都用来装扮房间和丈夫。不要在计划节日送礼物的名单上，独独遗下自己的名字……

善良的女人们，请从这一分钟开始，享受生活。

全职主夫

“我是全职的家庭主夫。”我赶快把自己的脸掉向窗外，因为我无法确保自己的五官，不因巨大的愕然而错位。

早上，告别伊利诺伊州的小镇，出发到芝加哥去，行程的安排是：我和安妮先乘坐当地志愿者的车，一个半小时之后到达罗克福德车站，然后从那里乘坐大巴，直抵芝加哥。

早起收拾行囊，在岳拉娜老奶奶家吃了早饭，我们坐等司机到来。私下揣摩：今天我们将有幸与谁同行？

几天前，从罗克福德车站到小镇来的时候，是一对中年夫妇接站。丈夫叫鲍比，妻子叫玛丽安。他们的车很普通，牌子我叫不出来，估计也就是相当于国内的“夏利”那个档次。车里不整洁也不豪华，但还舒适。我这样说，一点也没有鄙薄他们财力或是热情的意思，只是觉得有一种平淡的家常。

丈夫开车，车外是大片的玉米地。玛丽安面容疲惫但很健谈，干燥的红头发飘拂在她的唇边，为她的话增加了几分焦灼感。我说，看你很操劳辛苦的样子，还到车站迎接我们，非常感谢。

玛丽安说，疲劳感来自我的母亲患老年性痴呆 14 年，前不久她去世了。都是我服侍她的，我是一名家庭主妇。我知道陪伴一名老人走过她最后的道路是多么艰难的过程。母亲去世了，我一下子不知道干什么好了。照料母亲成了我生命的一部分。现在，我干什么呢？虽然我有家庭，鲍比对我很好……

说到这里，开车的鲍比听到点了他的名，就扭过头，很默契地笑笑。

玛丽安说，孩子也很好，可这些都填补不了母亲去世后留下的黑洞。我的这一段经历，我不想让它轻易流失。你猜，我选择了怎样的方式悼念母亲？

我说，你要为母亲写一本书吗？

这的确是我能想出的悼念母亲较好的办法了。

玛丽安说，不是每个人都有能力写书的。

我说，那么你想出的方法是什么？

玛丽安说，我想出的办法是竞选议员。

我的眼睛睁圆了。当议员，可比写书难多了，不由得对身边的玛丽安刮目相看，议员是谁都当得了的？这位普通的美国妇女，消瘦疲倦，眼圈发黑，看不出有什么叱咤风云的本领，居然就像讨论晚餐的豌豆放不放胡椒粉那样，淡淡地提出了自己的议员之梦。

玛丽安沉浸在对自我远景的设计中，并未顾及到我的惊讶。她说，我要向大家呼吁，给我们的老年人更多的爱和财政拨款。服侍老人不但是子女的义务，而且是全社会的代价高昂的工作。这不但是爱老年人，也是爱我们每一个人。我到处游说……

我忍不住抿嘴，结果怎么样？你有可能当选吗？

玛丽安一下羞涩起来，说，我从没有竞选的经验，准备也很不充分。当然，财力也不充裕。所以，这第一次很可能要失败了。但是，我不会气馁的。我会不懈地争取下去，也许你下次来的时候，我已经是州议员了。

玛丽安说到这里，鲍比就把汽车的喇叭按响了。宽广的道路上没有一个人，也没有任何险情。喇叭声声，代表鲍比的喉咙，为妻子助威。

我对玛丽安生出了深深的敬佩，怎么看她都不像是一个能执掌政治的女人，但是谁又能预计她献身政治后的政绩，不是辉煌和显赫呢？因为她的动机是那样单纯和坚定！

有了来时和这位“预备役议员”的谈话，我就对去时与谁同车，抱有了浓烈的期待。

车夫来了。一个很高大而帅气的男子，名叫约翰。一见面，约翰连说了两句话，让我觉得行程不会枯燥。

第一句话是：出远门的人，走得慌忙，往往容易落下东西，我帮你们装箱子，你们再好好检查一下，不要遗漏了宝贝。

在他的提醒下，我迅速检点了一番自己的行囊。乖乖，照相机就落在了客厅的沙发上。在整个美国的行程中，我只这一次丢了东西，还被细心的约翰挽救了回来。

约翰的第二句话是：你的箱子颜色很漂亮。它不是美国的产品，好像是意大利的。

我惊奇了。惊奇的是一个大男子汉，居然在记忆中储存有关女士箱子的色彩和款式的资料，并把产地信手拈来。

我说，谢谢你的夸奖。你对箱子很了解啊。能知道你是做什么工作的吗？

我猜想他可能是百货公司的采购员。

约翰把车发动起来，他的车非常干净清爽。他一边开车一边回答：我的工作吗，是足球教练。

我自作聪明地说：赛球的时候走南闯北的，所以你就对箱子有研究了。

约翰笑起来说，我这个足球教练，只教我的三个孩子。我有三个男孩，他们可爱极了。

他说着，竟然情不自禁地减速，然后从贴身的皮夹里掏出一张照片，三个如竹笋一般修长挺拔的孩子踩着足球，笑容像新鲜柠檬一样灿烂。

约翰说，我的工作，就是照顾我的三个孩子。我接送他们上学，为他们做饭，带他们游玩和锻炼。我的邻居看到我把自己的孩子带得这样好，就把他们的孩子也送到我这儿训练，我就多少挣一点小钱。但绝大多数时间，我是挣不到一分钱的，因为我不好意思领工资，我是全职的家庭主夫啊。

我赶快把自己的脸掉向窗外，因为我无法确保自己的五官，不因巨大的愕然而错位。

令我惊奇的不仅是这样一个正当壮年的健康男子，居然天天在家从事育子和家务劳动，更重要的是他在讲这些话的时候，那种安然的坦率和溢于言表的幸福感。我从来没有见过一个男子说到自己的职业是——家庭主夫时，如此的心平气和。不对，不准确。不是心平气和，是意气风发。

约翰不慌不忙地说，别急，很可能是落在岳拉娜老奶奶家了，待我问问她。

约翰拨打手提电话，果然，电脑是在岳拉娜家。

怎么办呢？那一瞬，很静。听得见枫树摇晃树叶的声音。从车站到我们曾经居住的小镇，一来一回要三个小时，约翰刚才还说，他要赶回去给孩子们做饭呢！

我们看着约翰，约翰看着我们。气氛一时有些微妙和尴尬。临行之前，他再三地嘱咐我们，现在不幸被他言中……

约翰是很有资格埋怨我们的，哪怕是一个不悦的眼神。出于不得不顾及的礼节，他可以帮助我们，但他有权利表达他的为难和遗憾。

但是，没有，他此刻的表情，我真的无法形容，原谅我用一个不恰当却能表达我当时感觉的词——他是那样的“贤妻良母”，真正的温和温暖的笑容，耐心而和善。好像是一个长者刚对小孩子说过：你小心一点，别摔倒了。那孩子就来了一个嘴啃泥。他的第一个反应不是埋怨和指责，而是本能地微笑着，看到他的膝盖出了血，就帮助包扎。他很轻松地说，不要紧。出门在外的人，这样的事情常常发生。你们不要着急，我这就赶回小镇。照料完我的孩子们的午饭，我就到岳拉娜

家取电脑，然后立即赶回这里。等着我吧。在这段时间里，你们看看美丽的枫树。只有伊利诺的枫树是这样冷不防地就由黄色变成红色的了，非常俏皮。离开了这里，你就看不到如此美丽的枫树了。

约翰说着，挥挥手，开着车走了。我和安妮坐在秋天的阳光下，看着公路上约翰的车子变成一只小小甲虫，消失在远方。我们什么也不说，等待着他亲切的笑容在秋阳下重新出现。

悲伤时，| Mother and miss |

请想妈妈

当我们想家的时候

家就是妈妈和她那一碗饭的味道。

常常想家。当我们想家的时候，其实是想起了母亲。当我们想起母亲的时候，其实是想起了无边无际云蒸霞蔚的爱。当我们想起爱的时候，其实是想起了如天宇般宽广淳厚的温暖和一种伟大神圣的责任。当我们想起责任的时候，其实是在宁静致远地思索人生的真谛和生命的尊严。

世上没有关于“家”的节日，好在有一个“母亲节”，让我们飘荡的心有所附丽。每年这一天，人们心心相印地隆重纪念这个民间节日，感念一种饱含沧桑的爱。

最初发起为母亲设定一个节日的人，定是一位成年的男人或是女人。太小的孩子，我以为是无法理解母爱的。婴儿的热爱的涌起，更多的是源于一种生命本能的驱动。孩子从母亲那里，得到最初的食物和衣着，看到世上第一张欢颜，听到人间第一句笑语……小小的心，像一只薄而透明的钵，盛满了乳色的爱，悄悄涟漪着。以孩子的智力，必认为这些都是上天无缘无故倾倒的琼浆玉液，是与生俱来的赠品。

作为施与的一方，母爱有时也是本能，以致盲目愚蠢的代名词。母爱单纯也复杂，清澈也浑浊，博大也狭窄，无偿也有偿。

当我们想家的时候，其实是想起了母亲。当我们想起母亲的时候，其实是想起了无边无际云蒸霞蔚的爱。当我们想起爱的时候，其实是想起了如天宇般宽广淳厚的温暖和一种伟大神圣的责任。

当我们想起责任的时候，其实是在宁静致远地思索人生的真谛和生命的尊严。

体验这种以血为缘的爱，感知它的厚重深远，纪念它的无私无畏，弘扬它的旗幡，播洒它的甘霖，需要灵敏的悟力和细腻的柔情。世人只知给予艰难，其实接受也非易事，需要虚怀若谷的智慧。只有容纳得多，才有可能付出的多。对于早年无爱的生命来说，就像没有河溪汇入的干涸之库，无法想见在汉魃猖獗时会有泉眼喷涌。

母亲于是成为了一种象征。她是低垂的五谷，她是无尽的蚕丝，她是冬天的羽毛和夏天的流萤。她是河岸的绿柳依依，她是麦田的白雪皑皑。她是永不熄灭的炉火，她是不肯降下毫厘的期望标杆。她是成绩单上的一枚签名，她是风雨中代人受过的老墙。她是记忆中永恒年轻的剪影，她是飓风中无可撼动水波不兴的风眼。

母爱并不仅仅从生育这一生理过程中得来，她是心灵的产物，而不是子宫的产物。生育只是母爱的土壤，它可以贫瘠，也可以富饶，可以繁衍灵芝，也可滋生稗草。

我愿把人类那种最崇高而结晶的挚爱，无论来自男女，统称为母爱。母爱如盐。盐主要是来自大海，母爱最主要的蕴涵地，当然是母亲了。但世上还有湖盐、井盐、岩盐、池盐……母爱并不是母亲的专利，它是人类所有最美好最无私最博大的爱的总命名。比如未生育的女子，也会富含母爱，像医家泰斗林巧稚大夫，她的双手，便是摆渡万婴安达人世的慈航。在人类的发展史上，更有无数志士仁人，把无边的爱意和关怀倾泻人寰。那爱纯正灼热，至今散发着炙烤肺腑的力度，促人们警醒，激人们向前。

无论我们是男人还是女人，成人还是少年，我们都曾欢欣地接受过母爱，我们也都可以成为辐射母爱的源泉。

回家去问妈妈

给母亲一个机会，让她重温创造的喜悦；
给自己一个机会，让我深刻洞察尘封的记忆；
给众人一个机会，让他全面搜集关于一个人一个时代的故事。

那一年游敦煌回来，兴奋地同妈妈谈起戈壁的黄沙和祁连的雪峰。说到在丝绸之路上僻远的安西，哈密瓜汁甜得把嘴唇粘在一起……

安西！多么遥远的地方！我在那里体验到莫名其妙的感动。除了我，咱们家谁也没有到过那里！我得意地大叫。

一直安静听我说话的妈妈，淡淡地插了一句：在你不到半岁的时候，我就怀抱着你，走过安西。

我大吃一惊，从未听妈妈谈过这段往事。

妈妈说你生在新疆，长在北京。难道你是飞来的不成？以前我一说起带你赶路的事情，你就嫌烦。说知道啦，别再啰嗦。我说，我以为你是坐火车来的，一件司空见惯的事情。

妈妈依旧淡淡地说，那时候哪有火车？从星星峡经柳园到兰州，我每天抱着你，天不亮就爬上装货卡车的大厢板，在戈壁滩上颠呀颠，半夜才到有人烟的地方。你脏得像个泥巴娃娃，几盆水也洗不出本色……

我静静地倾听妈妈的描述，才知道我在幼年时曾带给母亲那样的艰难，才知道发生在安西的感动源远流长。

我突然意识到，在我和最亲近的母亲之间，潜伏着无数盲点。

我们总觉得已经成人，母亲只是一间古老的旧房。她给我们的童年以遮蔽，但不会再提供新的风景。我们急切地投身外面的世界，寻找自我的价值。全神贯注地倾听上司的评论，字斟句酌地印证众人的口碑，反复咀嚼朋友随口吐露的一点印象，甚至会为恋人一颦一笑的涵意彻夜思索……我们极其在意世人对我们的看法，因为世界上最困难的事莫过于认识自己。我们恰恰忘了，当我们环视整个世界的时候，有一双微微眯起的眼睛，始终在背后凝视着我们。

那是妈妈的眼睛啊！

我们幼年的顽皮，我们成长的艰辛，我们与生俱来的弱点，我们异于常人的禀赋……我们从小到大最详尽的档案，我们失败与成功每一次的记录，都贮存在母亲宁静的眼中。

她是世界上第一个认识我们的人。我们何时长第一颗牙？我们何时说第一句话？我们何时跌倒了不再哭泣？我们何时骄傲地昂起了头颅？往事像长久不曾加洗的旧底片，虽然暗淡却清晰地存放在母亲的脑海中，期待着我们将它放大。

所有的妈妈都那么乐意向我们提起我们小时的事情，她们的眼睛在那一瞬露水般的年轻。我们是她们制造的精品，她们像手艺精湛的老艺人，不厌其烦地描绘打磨我们的每一个过程。

于是我们不客气地对妈妈说：老提那些过去的事，烦不烦呀？别说了，好不好？！

从此，母亲就真的噤了声，不再提起往事。有时候，她会像抛上岸的鱼，突然张开嘴，急速地扇动着气流……她想起了什么，但她终于什么也没有说，干燥地合上了嘴唇。我们熟悉了她的这种姿势，以为是一种默契。

为什么怕听母亲讲过去的事情？是不愿承认我们曾经弱小？是不愿承载亲人过多的恩泽？我们在人海茫茫世事纷繁中无暇多想，总以为母亲会永远陪伴在身边，总以为将来会有某一天让她将一切讲完。

在一个猝不及防的刹那，冰冷的铁门在我们身后戛然落下。温暖的目光折断了翅膀，掩埋在黑暗的那一边。

我们在悲痛中愕然回首，才发现自己远远没有长大。

我们像一本没有结尾的书，每一个符号都是母亲用血书写。我们还未曾读懂，著者已撒手离去。从此我们面对书中的无数悬念和秘密，无以破译。

我们像一部手工制造的仪器，处处缠绕着历史的线路。母亲走了，那唯一的图纸丢了。从此我们不得不在暗夜中孤独地拆卸自己，焦灼地摸索着组合我们性格的规律。

当我们快乐时，她比我们更欢喜；我们忧郁时，她比我们更苦闷，当她头也不回地远去的时候，我们大梦初醒。

损失了的文物永不能复原，破坏了的古迹再不会重生。我们曾经满世界地寻找真诚，当我们明白最晶莹的真诚就在我们身后时，猛回头，它已永远熄灭。

我们流落世间，成为飘零的红叶。

趁老树虬蟠的枝丫还郁郁葱葱时，让我们赶快跑回家，去问妈妈。

问她对你充满艰辛的诞育，问她独自经受的苦难。问清你幼小时的模样，问清她对你所有的期冀……你安安静静地偎依在她的身旁，听她像一个有经验的老农，介绍风霜雨雪中每一穗玉米的收成。

一定要赶快啊！生命给我们的允诺并不慷慨，两代人命运的云梯衔接处，时间只是窄窄的台阶。从我们明白人生的韵律，距父母还能明晰地谈论以往，并肩而行的日子屈指可数。

给母亲一个机会，让她重温创造的喜悦；给自己一个机会，让我深刻洞察尘封的记忆；给众人一个机会，让他全面搜集关于一个人一个时代的故事。

在春风和煦或是大雪纷飞的日子，赶快跑回家，去问妈妈。让我们一齐走向从前，寻找属于我们的童话。

带白蘑菇回家

你爱你的妈妈，让我想起了我的妈妈，我想多为你做点什么，就好像我在为我的妈妈做着什么。妈妈，我们每个人都有一个自己的妈妈。

妈妈爱吃蘑菇。

到青海出差，在幽蓝的天穹与黛绿的草原之间，见到点点闪烁的白星。

那不是星星，是草原上的白蘑菇。

路旁有三三两两的藏胞，坐在五颜六色的口袋中间，仰着褐色的面庞，向经过的汽车微笑。袋子口，颤巍巍地露出花蕾般的白蘑菇。

从鸟岛返回的途中，我买了一袋白蘑菇，预备两天后坐火车带回北京。

回到宾馆，铺下一张报纸，将蘑菇一柄柄小伞朝天，摆在地毯上，一如它们生长在草原时的模样。

女服务人员进来整理卫生，细细的眉头皱了起来。我忙说，我要把它们带回去送给妈妈。女服务人员就暖暖地笑了，说您必须把蘑菇翻个身，让菌根朝上，不然蘑菇会烂的。草原上的白蘑菇最难保存。

听了女服务人员的话，我让白蘑菇趴在地上，好像晒太阳的小胖孩儿，温润而圆滑地裸露在空气中。

上火车的日子到了。女服务人员帮我找来一只小纸箱；用剪刀戳了许多梅花形的小洞，把白蘑菇妥妥地安放进去。原先的报纸上印了一排排圆环，好像淡淡的墨色的图章。我吓了一跳，说，是不是白蘑菇腐坏了？女服务人员说，别怕。新鲜的白蘑菇的汁液就是黑的。

进了卧铺车厢，我小心翼翼地把纸箱塞在床下。对面一位青海大汉说，箱子上捅了那么多的洞，想必带的是活物了。小鸡？小鸭？怎么听不见叫？天气太热，可别憋死了。

我说，带的是草原上的白蘑菇，送给妈妈。

他轻轻地重复，哦，妈妈……好像这个词语对他已十分陌生。半晌后他才接着说，只是你这样的带法，到不了兰州，蘑菇就得烂成污水。

我大惊失色说，那可怎么办？

他说，你在卧铺下面铺开几张纸，把蘑菇晾开，保持让它通风。

我依法处置，摆了一床底的蘑菇。每日数次拨弄，好像育秧的老农。蘑菇们平安地穿兰州，越宝鸡，直逼郑州……不料中原一带，酷热无比，车厢内郁闷如桑拿浴池，令人窒息。青海汉子不放心地蹲下检查，突然叫道：快想办法！蘑菇表面已生出白膜，再捂下去，就不能吃了！

在蒸笼般的火车里，你还有什么办法可想？我束手无策。

大汉二话不说，把我的白蘑菇，重又装进浑身是洞的纸箱。我说，这不是更糟了？他并不解释，三下五除二，把卧铺小茶几上的水杯、食品拢成一堆，对周围的人说：烦请各位把自家的东西，拿到别处去放。腾出这个小桌，来放小箱子。箱子里装的是咱青海湖的白蘑菇，她要带回北京给妈妈。我们把窗户开大，让风不停地灌进箱子，蘑菇就坏不了啦。大家帮帮忙，我们都有妈妈。

人们无声地把面包、咸鸭蛋和可乐瓶子端开，为我腾出一方洁净的桌面。

风呼啸着。郑州的风，安阳的风，石家庄的风……穿箱而过。白蘑菇黑色的血液，渐渐被蒸发了，烘成干燥的标本。

青海大汉坐在窗口是迎风的一面，疾风把他的头发卷得乱如蒿草。无数灰屑敷在他的脸上，犹如漫天抛撒的芝麻。若不是为了这一箱蘑菇，玻璃窗原不必开得这样大。我几次歉意地说同他换换位子，他一摆手说，草原上的风比这还大。

终于，北京到了。我拎起蘑菇箱子同车友们告别，对大家说，我代表自己和妈妈谢谢你们！

大家说，你快回家去看妈妈吧。

由于路上蒸发了水分，白蘑菇比以前轻了许多。我走得很快，就要出站台的时候，青海汉子追上我，说：有一件很要紧的事，忘了同你交待——白蘑菇炖鸡最鲜。

妈妈喝着鸡汤说，青海的白蘑菇味道真好！

请为你的夸奖道歉

你可以夸奖她的微笑和有礼貌，因为这是她自己努力的结果。

朋友同我讲过这样一个故事。

她到北欧某国做访问学者，周末到当地教授家中做客。一进屋，问候之后，看到教授五岁的小女儿。这孩子满头金发，眼珠如同纯蓝的蝌蚪顾盼生辉，极其美丽。朋友带去了中国礼物，小女孩有礼貌地微笑道谢，朋友抚摸着女孩的头发说，你长得这么漂亮，真是可爱极了！

教授等女儿退走之后，很严肃地对朋友说，你伤害了我的女儿，你要向她道歉。朋友大惊，说我一番好意，夸奖她，还送了她礼物，伤害二字从何谈起？教授说，你是因为她的漂亮而夸奖她，而漂亮这件事，不是她的功劳，这取决于我和她的父亲的基因遗传，与她个人基本上没有关系。你夸奖了她，孩子很小，不会分辨，她就会认为这是她的本领。而她一旦认为天生的美丽是值得骄傲的资本，她就会看不起长相平平甚至丑陋的孩子，这就成了误区。而且，你未经她的允许，就抚摸她的头，这使她以为一个陌生人可以随意抚摸她的身体而可以不经她的同意，这也是不良引导。不过你不要这样沮丧，你还有机会弥补。有一点，你是可以夸奖她的，这就是她的微笑和有礼貌。这是她自己努力的结果。

请你为你刚才的夸奖道歉。教授这样结束了她的话。

后来呢？我问。

后来我就很正式地向教授的小女儿道了歉，同时表扬了她的礼貌。朋友说。

从那以后，每当我看到美丽的孩子，我都会对自己说，忍住你对他们容貌的夸赞，从他们成长的角度来说，这件事要处之淡然。孩子不是一件可供欣赏的瓷器或是可供抚摸的羽毛。他们的心灵像很软的透明皂，每一次夸奖都会留下划痕……

爱的回音壁

爱是人生的内核和本质。一个人只有能体会爱、接受爱、付出爱，才不至成为一个爱的低能儿，在现实世界里被自己摧毁。

现今中年以下的夫妻，几乎都是一个孩子，关爱之心，大概达了中国有史以来的最高值。家的感情像个苹果，姐妹兄弟多了，就会分成好几瓣。若是千亩一苗，孩子在父母的乾坤里，便独步天下了。

在前所未有的爱意中浸泡的孩子，是否物有所值，感到莫大的幸福？我好奇地问过。孩子们撇嘴说，不，没觉着谁爱我们。

我大惊，循循善诱道，你看，妈妈工作那么忙，还要给你洗衣做饭，爸爸在外面挣钱养家，多不容易！他们多么爱你们啊……

孩子很漠然地说，那算什么呀！谁让他们当爸爸妈妈呢？也不能白当啊，他们应该的。我以后做了爸爸妈妈也会这样。这难道就是爱吗？爱也太平常了！

我震住了。一个不懂得爱的孩子，就像不会呼吸的鱼，出了家庭的水箱，在干燥的社会上，他不爱人，也不自爱，必将焦渴而死。可是，你怎样让由你一手哺育长大的孩子，懂得什么是爱呢？从他的眼睛接受第一缕光线时，已被无微不至的呵护包绕，早已对关照体贴熟视无睹。生物学上有一条规律，当某种物质过于浓烈时，感觉迅速迟钝麻痹。

如果把爱定位于关怀，随着孩子年龄的增长，对他的看顾渐次减少，孩子就会抱怨爱的衰减。“爱就是照料”这个简陋的命题，把许多成人和孩子一同领入误区。

寒霜陡降也能使人感悟幸福，比如父母离异或是早逝。但它是灾变的副产品，带着天力人力难违的僵冷。孩子虽然在追忆中，明白了什么是被爱，那却是一间正常人家不愿走进的课堂。

孩子降生人间，原应一手承接爱的乳汁，一手播洒爱的甘霖，爱是一本收支平衡的账簿。可惜从一开始，成人就迫不及待地倾注了所有爱的储备，劈头盖脑砸下，把孩子的两只手塞得太满。全是收入，没有支出，爱沉淀着，淤积着，从神奇化为腐朽，反让孩子成了无法感知爱意的精神残疾？

我又问一群孩子，那你们什么时候感到别人是爱你的呢？

没指望得到像样的回答。一个成人都争执不休的问题，孩子能懂多少？比如你问一位热恋中的女人，何时感受被男友所爱？回答一定光怪陆离。

没想到孩子的答案晴朗坚定。我帮妈妈买醋来着。她看我没打了瓶子，也没洒了醋，就说，闺女能帮妈干活了……我特高兴，从那会儿，我知道她是爱我的。翘翘辫女孩说。

我爸下班回来，我给他倒了一杯水，因为我刚在幼儿园里学了一首歌，词里说的是给妈妈倒水，可我妈还没回来呢，我就先给我爸倒了。我爸只说了一句，好儿子……就流泪了。从那次起，我知道他是爱我的。光头小男孩说。

我给我奶奶耳朵上夹了一朵花，要是别人，她才不让呢，马上就得揪下来。可我插的，她一直带着，见着人就说，看，这是我孙子打扮我呢……我知道她是爱我了……另一个女孩说。

我大大地惊异了。讶然这些事的碎小和孩子铁的逻辑。更感动于他们谈论时的郑重神气和结论的斩钉截铁。爱与被爱高度简化了，统一了。孩子在被他人需要时，感到了一个幼小生命的意义。成人注视并强调了这种价值，他们就感悟到深深的爱意。在尝试给予的现时，他们懂得了什么是接受。爱是一面辽阔光滑的回音壁，微小的爱意反复回响着，折射着，变成巨大的轰鸣。当付出的爱被隆重地接受并珍藏时，孩子终于强烈地感觉到了被爱的尊贵与神圣。

被太多的爱压得麻木，腾不出左手的孩子，只得用右手，完成给予和领悟爱的双重任务。

天下的父母，如果你爱孩子，一定让他从力所能及的时候，开始爱你和周围的人。这绝非成人的自私，而是为孩子一世着想的远见。不要抱怨孩子天生无爱，爱与被爱是铁杵成针百年树人的本领，就像走路一样，需反复练习，才会举步如飞。

如果把孩子在无边无际的爱里泡得口眼翻白，早早剥夺了他感知爱的能力，育出一个爱的低能儿，即使不算弥天大错，也是成人权力的滥施，或许会遭天谴的。

在爱中领略被爱，会有加倍的丰收。孩子渐渐长大，一个爱自己爱世界爱人类也爱自然的青年，便喷薄欲出了。

青虫之爱

作为一个母亲，“我不能有丝毫的退缩，我不能把我病态的恐惧传给她……”

我有一位闺中好友，从小怕虫子。不论什么品种的虫子都怕。披着蓑衣般茸毛的洋辣子，不害羞地裸着体的吊死鬼，一视同仁地怕。甚至连雨后的蚯蚓，也怕。放学的时候，如果恰好刚停了小雨，她就会闭了眼睛，让我牵着她的手，慢慢地在黑镜似的柏油路上走。我说，迈大步！她就乖乖地跨出很远，几乎成了体操动作上的“劈叉”，以成功地躲避正蜿蜒于马路的软体动物。在这种瞬间，我可以感受到她的手指如青蛙腿般弹着，不但冰凉，还有密集的颤抖。

大家不止一次地想法治她这心病，那么大的人了，看到一个小小毛虫，哭天抢地的，多丢人啊！早春一天，男生把飘落的杨花坠，偷偷地夹在她的书页里。待她走进教室，我们都屏气等着那心惊肉跳的一喊，不料什么声响也未曾听到。她翻开书，眼皮一翻，身子一软，就悄无声息地瘫倒在桌子底下了。

从此再不敢锻炼她。

许多年过去，各自都成了家，有了孩子。一天，她到我家中做客，我下厨，她在一旁帮忙。我择青椒的时候，突然从旁钻出一条青虫，胖如蚕豆，背上还长着簇簇黑刺，好一条险恶的虫子。因为事出意外，怕那虫蜇人，我下意识地将半个柿子椒像着了火的手榴弹扔出老远。

待柿子椒停止了滚动，我用杀虫剂将那虫子扑死，才想起酷怕虫的女友，心想刚才她一直目不转睛地和我聊着天，这虫子一定是入了她的眼，未曾听到她惊呼，该不是吓得晕厥过去了吧？

回头寻她，只见她神态自若地看着我，淡淡地说，一条小虫，何必如此慌张。我比刚才看到虫子还愕然地说，啊，你居然不怕虫子了？吃了什么抗过敏药？

女友苦笑说，怕还是怕啊。只是我已经能练得面不改色，一般人绝看不出破绽。刚开始的时候，我就盯着一条蚯蚓看，因为我知道它是益虫，感情上接受起来比较顺畅。再说，蚯蚓是绝对不会咬人的，安全性能较好……这样慢慢举一反三；现在我无论看到有毛没毛的虫子，都可以把惊恐压制在喉咙里。

我说，为了一条小虫子，下这么大的功夫，真有你的。值得吗？

女友很认真地说，值得啊。你知道我为什么怕虫子吗？

我撇撇嘴说，我又不是你妈，怎么会知道啊！

女友拍着我的手说，你可算说到点子上了，怕虫就是和我妈有关。我小的时候，是不怕虫子的。有一次妈妈听到我在外面哭，急忙跑出去一看，我的手背又红又肿，旁边两条大花毛虫正在缓缓爬走。我妈知道我叫虫蜇了，赶紧往我手上抹牙膏，那是老百姓止痒解毒的土法。以后，她只要看到我的身旁有虫子，就大喊大叫地吓唬我……一来二去的，我就成了条件反射，看到虫子，灵魂出窍。

后来如何好的呢，我追问。依我的医学知识，知道这是将一个刺激反复强化，最后，女友就成了生理学家巴甫洛夫教授的例案，每次看到虫子，就恢复到童年时代的大恐惧中。世上有形形色色的恐惧症，有的人怕高，有的人怕某种颜色，我曾见过一位女士，怕极了飞机起飞的瞬间，不到万不得已，她是绝不搭乘飞机的。一次实在躲不过，上了飞机。系好安全带后，她骇得脸色刷白，飞机开始滑动，她竟号啕痛哭起来……中国古时的“一朝被蛇咬，十年怕井绳”说的也是这回事。只不过杯弓蛇影的起因，有的人记得，有的人已遗忘在潜意识的晦暗中。在普通人看来是微不足道的小事，对当事人来说，痛苦煎熬，治疗起来十分困难。

女友说，后来有人要给我治，说是用“逐步脱敏”的办法。比如先让我看虫子的画片，然后再隔着玻璃观察虫子，最后直接注视虫子……

原来你是这样被治好的啊！我恍然大悟道。

嗨！我根本就没用这个法子。我可受不了，别说是看虫子的画片了，有一次到饭店吃饭，上了一罐精致的补品。我一揭开盖，看到那漂浮的虫草，当时就把盛汤的小罐摔到地上了……女友抚着胸口，心有余悸地讲着。

我狐疑地看了看自家的垃圾桶，虫尸横陈，难道刚才女友是别人的胆子附体，才如此泰然自若？我说，别卖关子了，快告诉我你是怎样重塑了金身？

女友说，别着急啊，听我慢慢说。有一天，我抱着女儿上公园，那时她刚刚会讲话。我们在林荫路上走着，突然她说，妈妈……头上……有……她说着，把一缕东西从我的头发上摘下，托在手里，邀功般地给我看。

我定睛一看，魂飞天外，一条五彩斑斓的虫子，在女儿的小手内，显得狰狞万分。

我第一个反应是像以往一样昏倒，但是我倒不下去，因为我抱着我的孩子。如果我倒了，就会摔坏她。我不但不曾昏过去，神智也是从来没有的清醒。

第二个反应是想撕肝裂胆地大叫一声。因为你胆子大，对于在恐惧时惊叫的益处可能体会不深。其实能叫出来极好，可以释放高度的紧张。但我立即想到，万万叫不得。我一喊，就会吓坏了我的孩子。于是我硬是把喷到舌尖的惊叫咽了下去，我猜那时我的脖子一定像吃了鸡蛋的蛇一样，鼓起了一个大包。

现在，一条虫子近在咫尺。我的女儿用手指抚摸着它，好像那是一块冷冷的斑斓宝石。我的脑海迅速地搅动着。如果我害怕，把虫子丢在地上，女儿一定从此种下了虫子可怕的印象。在她的眼中，妈妈是无所不能无所畏惧的，如果有什么东西把妈妈吓成了这个样子，那这东西一定是极其可怕的。

我读过一些相关书籍，知道当年我的妈妈，正是用这个办法，让我从小对虫子这种幼小的物体，骇之入骨。即便当我长大之后，从理论上知道小小的虫子只要没有毒素，实在不值得大惊小怪，但我的身体不服从我的意志。我的妈妈一方面保护了我，一方面用一种不恰当的方式，把一种新的恐惧，注入到我的心里。如果我大叫大喊，那么这根恐惧的链条，还会遗传下去。不行，我要用我的爱，将这铁环砸断。我颤巍巍伸出手，长大之后第一次把一只活的虫子，捏在手心，翻过来掉过去地观赏着那虫子，还假装很开心地咧着嘴，因为——女儿正在目不转睛地看着我呢！

虫子的体温，比我的手指要高得多，它的皮肤有鳞片，鳞片中有湿润的滑液一丝丝渗出，头顶的茸毛在向不同的方向摆动着，比针尖还小的眼珠机警怯懦……

女友说着，我在一旁听得毛骨悚然。只有一个对虫子高度敏感的人，才能有如此令人震惊的描述。

女友继续说，那一刻，真比百年还难熬。女儿清澈无瑕的目光笼罩着我，在她面前，我是一个神。我不能有丝毫的退缩，我不能把我病态的恐惧传给她……

不知过了多久，我把虫子轻轻地放在了地上。我对女儿说，这是虫子。虫子没什么可怕的。有的虫子有毒，你别用手去摸。不过，大多数虫子是可以摸的……

那只虫子，就在地上慢慢地爬远了。女儿还对它扬扬小手，说“拜……”

我抱起女儿，半天一步都没有走动。衣服早已被黏黏的汗水浸湿。女友说完，好久好久，厨房里寂静无声。我说，原来你的药，就是你的女儿给你的啊。

女友纠正道，我的药，是我给我自己的，那就是对女儿的爱。

好脾气的悖论

有多少事情是父母让我们在痛苦中学会的。生冷而昂然的手段往往溶解着父母更深的养育之爱和良苦的用心锻造。

记得一位老妈妈曾对我说，要为儿子挑一房好脾气的媳妇。我说，你怎么考察呢？她说，看为娘的脾气就知道女儿的性情了。过了几年，我问老人家，媳妇怎样？她说，啊呀呀，再没那么凶的了，属煤气罐的，一点就着！老人又说，轮到给小儿子说媳妇，这回特地挑了一家悍妇的女儿，果然竟是极温顺的。你说这是怎么回事？！她瞪着苍老的黄眼珠问我。

我不知道老妈妈的遭遇是否具有普遍性，也不认为脾气孬好是恋爱的先决，只是环顾四周的家庭，像这般悖论的情形，似乎还可找到不少。

一个在充满了爱意家庭中长大的孩子，却丧失最起码的温情，凶残地对亲人举起屠刀。一个极朴素的母亲，孩子反奢靡成风。钵满缸流的富家子弟，横起杀人越货的贼心。勤俭本分人的后代，摇身成了江洋大盗。目不识丁的双亲，养育半打硕士博士。荒僻的山野，走出雄才大略的军师。贫寒人一旦发达，挥金如土。富甲天下的豪门，一毛不拔……

家庭通常是一个古老的模具，克隆出与前辈酷似的后代。此等异样情形，实在是一个悖论。设想因为父母脾气躁动，孩童自小在急风暴雨中成长，经受锻炼考验，耐力反倒出众。家长若老好人，四处懦弱逢迎，对孩子也唯命是从，自然易养出暴戾乖张之徒。周围的人手脚不停，操心不止，孩子手到擒来，端的惯成特号懒包。爹妈若一觉睡到日头红，孩子必得自我张罗早饭，无意中造就了一个勤快人。所以除了正面的培养，有时候，不妨利用悖论。

你想得到一个勇敢的孩子吗？月夜里，虽然他年纪幼小，体质孱弱，也让他横刀跃马地走在黑暗中，给人带路。

你想得到一个慷慨的孩子吗？无论你多么富有，不要平白无故给他金钱。每一分硬币必须让他用汗水兑换，然后不问那钱的去处，给他以完全的支配权。

你想得到一个清洁的孩子吗？看到他肮脏时，千万不要帮他洗涤，坚决袖起你的手，由着污浊下去。直到他自己忍无可忍，动手改变这局面。在新与旧的对比中，觉悟到洁净是一种舒适的状态和文明的美德。

你想得到一个智慧的孩子吗？当他遇到难题请教你的时候，除了给他一本书，什么都不要讲。坚决管住你的嘴巴，这是百发百中的诀窍！在几番艰苦的摸索之后，他自然在失败与挫折里聪明起来了。

你想得到一个独立自主的孩子吗？当他求助的时候，狠下心来，置若罔闻地看他哭泣和摸索。千万记得要装傻。不但要装得像，如果你有余力，最好再给他捣捣乱，孩子便会牢牢记住，世上最重要的事是依靠自己。

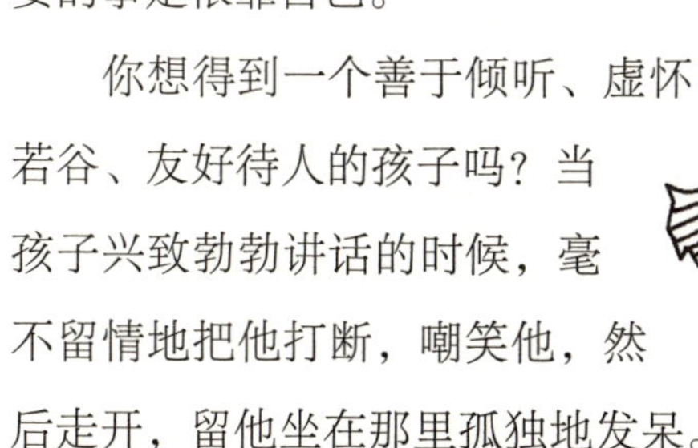

你想得到一个善于倾听、虚怀若谷、友好待人的孩子吗？当孩子兴致勃勃讲话的时候，毫不留情地把他打断，嘲笑他，然后走开，留他坐在那里孤独地发呆。如是者三，只要他不是一个过分麻木和愚钝的孩子，汲取了反面教训，就能学会宽容与共享快乐。

你想得到一个不推诿责任，不惊慌失措，在困境中依然沉着坚定的心理健康的现代人雏形吗？当他跌倒时，不要代他埋怨路的不平，不要伸出搀扶的手，甚至在他伤口流血的时候，也让他自我包扎。坚持冷静地作壁上观，孩子便在困境中顽强地爬起来，艰难昂扬地成长。

还可以举出很多看似生冷而昂然的手段。这也是一个悖论。谁又能说这里不溶解着父母更深的养育之爱和良苦的用心锻造呢？

虾红色的情书

如何成为孩子的朋友，是母亲一生要思考和学习的事情。

朋友说她的女儿要找我聊聊。我说，我——很忙很忙。朋友说她女儿的事——很重要很重要很重要。结果，两个“忙”字，在三个“重”字面前败下阵来。于是我约她的女儿若樨，某天下午在茶艺馆见面。

我见过若樨，那时她刚上高中，清瘦的一个女孩。现在，她大学毕业了，在一家电脑公司工作。虽说女大十八变，但我想，认出她该不成问题。我给她的外形打了提前量，无非是高了、丰满了，大模样总是不改的。

当我见到若樨之后，几分钟之内，用了很大气力保持自己面部肌肉的稳定，令它们不要因为惊奇而显出受了惊吓的惨相。其实，若樨的五官并没有大的变化，身高也不见拔起，或许因为减肥，比以前还要单薄。吓倒我的是她的头发，浮层是樱粉色，其下是姜黄色的，被剪子残酷地切削得短而碎，从天灵盖中央纷披下来，像一种奇怪的植被，遮住眼帘和耳朵。以致我在很长一段时间内，觉得自己是在与一只鸡毛掸子对话。

落座。点了茶，谢绝了茶小姐对茶具和茶道的殷勤演示。

正值午后，茶馆里人影稀疏，暗香浮动。我说，这里环境挺好的，适宜说悄悄话。

她笑了，是骨子里很单纯、表面却要显得很沧桑的那种。她说，到酒吧去更合适。茶馆，只适合遗老遗少们灌肠子。

我说，酒吧，可惜吵了点。下次吧。

若樨说，毕阿姨，你见了我这副样子，咱们还有下次吗？你为什么不对我的头发发表意见？你明明很在意，却要装出毫不在意的样子。我最讨厌大人们的虚伪。

我看着若樨，知道了朋友为何急如星火。像若樨这般青年，正是充满愤怒的年纪。野草似的怨恨，壅塞着他们的肺腑，反叛的锋从喉管探出，句句口吐荆棘。

我笑笑说，若樨，你太着急了。我马上就要说到你的头发，可惜你还没给我时间。这里的环境明明很雅致，人之常情夸一句，你就偏要逆着说它不好。我回应说，那么下次我们到酒吧去，你又一口咬定没有下次了。你尚不曾给我机会发表意见，却指责我虚伪，你不觉得这顶帽子重了些吗？若樨，有一点我不明白，恳请你告知，我不晓得是你想和我谈话，还是你妈要你和我谈话？

若樨的锐气收敛了少许，说，这有什么不同吗？反正您得拿出时间，反正我得见您，反正我们已经坐进了这间茶馆。

我说，有关系。关系大了。你很忙，我没有你忙，可也不是个闲人。如果你不愿谈话，那我们马上就离开这里。

若樨挥手说，别别！毕阿姨。是我想和您谈，央告了妈妈请您。可我怕您指责我，所以，我就先下手为强了。

我说，我不怪你。人有的时候，会这样的。我猜，你的父母在家里同你谈话的时候，经常是以指责来当开场白。所以，当你不知如何开始谈话的时候，你父母和你的谈话模式就跳出来，强烈地影响着你的决定，你不由自主地模仿他们。在你，甚至以为这是一种最好的开头办法，是特别的亲热和信任呢！

若樨一下子活跃起来，说：毕阿姨，您直说到我心里去了。其实，您这么快地和我约了时间聊天，我可高兴了。可我不知和您说什么好，我怕您看不起我。我想您要是不喜欢我，我干吗自讨其辱呢？索性，拉倒！我想尽量装得老练一些，这样，咱们才能比较平等了。

我说，若樨，你真有趣。你想要平等，却从指责别人入手，这就不仅事倍功半，简直是南辕北辙了。

若樨说，我知道了，下回，我想要什么，就直截了当地去争取。毕阿姨，我现在想要异性的爱情。您说怎么办呢？

我说，若樨啊，说你聪明，你是真聪明，一下子就悟到了点上。不过，你想要爱情，找毕阿姨谈可没用，得和一个你爱他，他也爱你的男子谈，才是正途。

若樨脸上的笑容风卷残云般地逝去了，一派茫然，说，这就是我找您的本意。我不知道他爱不爱我，我更不知道自己爱不爱他。

若樨说着，从皮夹子里拿出了一张折叠得整整齐齐的纸，递给我。

我原以为是一个男子的照片，不想打开一看，是淡蓝色的笺纸，少男少女常用的那种，有奇怪的气息散出。字是虾红色的，好像是用毛笔写的，笔锋很涩。

这是一封给你的情书。我看了，合适吗？读了开头火辣辣的称呼之后，我用手拂着笺纸说。

我要同您商量的就是这封情书。它是用血写成的。

我悚然惊了一下，手下的那些字，变得灼热而凸起，仿佛烧红的铁丝弯成。我屏气仔细看下去……

情书文采斐然，述说自己不幸的童年，从文中可以看出，他是若樨同校不同系的学友，在某个时辰遇到了若樨，感到这是天大的缘分。但他长久地不敢表露，怕自己配不上若樨，惨遭拒绝。毕业后他有一份尊贵的工作，想来可以给若樨以安宁和体面，他们就熟识了。在若即若离的一段交往之后，他发现若樨在迟疑。他很不安，为了向若樨求婚，他特以血为墨，发誓一生珍爱这份姻缘。

“人的地位是可以变的，所以，我不以地位向你求婚。人的财富是可以变的，所以我也不以财富向你求婚。人的容貌也是可以变的，所以我也不以外表向你求婚。唯有人的血液是不变的，不变的红，不变的烫，从我出生，它就灌溉着我，这血里有我的尊严和勇气。所以，我以我血写下我的婚约。如果你不答应，你会看到更多的血涌出……如果你拒绝，我的血就在那一瞬永远凝结……”

我恍然刚才那股奇特的味道，原来是笺上的香气混合了血的铁腥。

你现在感觉如何？我问若樨，并将虾红色的情书依旧叠好，将那一颗骚动的男人之心，暂时地囚禁在薄薄的纸中。

我很害怕……我对这个人摸不着头脑，忽冷忽热的……可心里又很有几分感动。血写的情书，不是每个女孩子都有这份幸运的。看到一个很英俊的男孩，肯为你流出鲜血，心里还是蛮受用的。我把这份血书给好几个女朋友看了，她们都很羡慕我。毕竟，这个年头，愿意以血求婚的男人，是太少了。

若樨说着，腮上出现了轻浅的红润。看来，她很有些动心了。

我沉吟了半晌。然后，字斟句酌地说，若樨，感谢你信任我，把这么私密的事告诉我。我想知道你看到血书后的第一个感觉。

若樨说，……是……恐惧……

我问，你怕的是什么？

若樨说，我怕的是一个男人，动不动就把自己的血喷溅出来，将来过日子，谁知会发生什么事。

我说，若樨，你想得长远，这很好。婚姻不是一朝一夕的事情。每个女孩子披上嫁衣的时候，一定期冀和新郎白头偕老。为了离婚而结婚的女人，不是没有，但那是阴谋，另当别论。若樨，除了害怕，当你面对另一个人的鲜血的时候，还有什么情绪？

若樨沉入到当时的情景当中，我看到她长长的睫毛在急速地眨动，那是心旌动荡的标识。

我感到一种逼迫、一种不安全。我无法平静，觉得他以自己的血要挟我……我想逃走……若樨喃喃地说。

我看着若樨，知道她在痛苦地思索和抉择当中。毕竟，那个男孩迫切地需要得到若樨的爱，我一点都不怀疑他的渴望。但是，爱情绝不是单一的狙击，爱是一种温润恒远。他用伤害自己的身体，企图来达到自己的目的，如果一朝得逞，我想他绝不会就此罢手。人，或者说高级的动物，是会形成条件反射的。当一个人知道用自残的方式，可以胁迫他人按照自己的意志行事的时候，他会受到鼓励。

很多人以为，一个人的缺点，会在他或她结婚之后，自动消失。我觉得如果不说这是自欺欺人，也是一厢情愿。依我的经验，所有的缺陷，都会在婚姻之后变本加厉地发作。婚姻是一面放大镜，既会放大我们的优点，也会毫不留情地放大我们的缺点。因为婚姻是那样的赤裸和无所顾忌，所有的遮挡和礼貌，都会在长久的厮磨中褪色，露出天性粗糙的本色。

……也许，我可以帮助他……若樨悄声地说，声音很不确定，如同冷秋的蝉鸣。

我说，当然，可以。不过，你可有这份力量？他在操纵你，你可有反操纵的信心？我们不妨设想得极端一些，假如你们终成眷属，有一天，你受不了，想结束这段婚姻。他不再以血相逼，升级了，干脆说，如果你要离开我，我就把一只胳膊卸下来，或者自戕……到那时，你又该如何应对呢？如果你说，你有足够的准备承接危局，我以为你可以前行。如若不是……

若樨打断了我的话，说，毕阿姨，您不要再说下去了。我外表虽然反叛，但内心里却很柔弱。我没办法改变他，和他在一起的时候，我很不安全。我不知道在下一分钟他会怎样，我是他手中的玩偶。

那天我们又谈了很久，直到沏出的茶如同白水。分手的时候，若樨说，您还没有评说我的头发。

我抚摸着她的头，在樱粉和姜黄色的底部，发根已长出漆黑的新发。我说，你的发质很好，我喜欢所有本色的东西。如果你觉得这种五花八门的颜色好，自然也无妨。这是你的自由。

若樨说，这种头发，可以显示我的个性和自由。

我说，头发就是头发，它们不负责承担思想。真正的个性和自由，是头发里面的大脑的事，你能够把神经染上颜色吗？